LUNCH-BOX

Née en 1980, Émilie de Turckheim publie à vingt-quatre ans *Les Amants terrestres*. Son expérience de visiteuse à la prison de Fresnes lui inspire *Une sainte* (2013). Elle reçoit le Prix de la vocation pour *Chute libre* (2009), le prix Roger-Nimier pour *La Disparition du nombril* (2014) et le Prix des lycéens d'Île-de-France ainsi que le prix Monte-Cristo pour *Popcorn Melody* (2016).

Paru au Livre de Poche :

La Disparition du nombril

L'Enlèvement des Sabines

Héloïse est chauve

Le Joli Mois de mai

Le Prince à la petite tasse

Popcorn Melody

Une sainte

ÉMILIE DE TURCKHEIM

Lunch-box

ROMAN

GALLIMARD

ISBN : 978-2-253-10727-9 – 1re publication LGF

À Jean, ma Sœurette.

Ça revient par la nuit
par le rêve
je vais à l'école
à l'arrière ils sont six
comme les doigts de la main
dans mon dos six qui parlent fort
je les dépose au pied des grandes marches
quand elle entre par la fenêtre
et se pose sur mon bras
longue, le casque rouge et or :
une guêpe
mais d'une autre allure, d'une couleur que la guêpe
commune ne connaît pas
je secoue le bras, va-t'en, casse-toi
elle me fait peur avec son épée et ses yeux allongés
je souffle sur elle
les ailes tremblent
elle reste campée sur le bras
un par un les enfants sortent du van
j'ai les yeux sur la guêpe

sur le casque rouge et or
une voix aboie très haut
Voleuse ! Rends-le !
la portière claque
ils sont sortis tous les six
mon bras blanc a une épine de rose noire
le poison court
la sirène du dard
il est trop tard pour surveiller les enfants
chasser la guêpe
me faire dépiquer
l'ombre de l'école coule sur le pare-brise
la roue cogne le trottoir
ou le dos-d'âne
ou la plaque d'égout sortie de sa bouche
j'escalade l'obstacle
une flamme brille au bout du dard
je souffle
la flamme s'éteint, repousse
comme ces bougies d'anniversaire truquées, têtes à claques, qui se rallument toutes seules
je sors du van la flamme au bras
l'enfant est sur le dos, la croûte bleue du parking, la tête tournée vers moi
sa mort ne se voit pas

I

Les enfants, je veux le silence. Je veux entendre vos orteils dans vos chaussures. Vous vous souvenez, je vous ai promis l'histoire de M. Patok. Je vais vous raconter les choses exactement comme elles se sont passées et ensuite vous m'expliquerez comment un drame pareil a pu arriver. Vous me direz pourquoi M. Patok est mort. Peut-être qu'il y a plusieurs réponses. Pourtant, M. Patok n'est mort qu'une seule fois. Vous n'avez pas besoin d'écrire, laissez vos trousses tranquilles. M. Patok vit à Zion Heights, il est au chômage et il traverse la ville pour s'acheter le gâteau au chocolat qu'il préfère, à la noix de pécan, dans le meilleur endroit qui existe à Zion Heights pour ce genre de gâteaux. Cette pâtisserie, vous ne connaissez qu'elle, c'est Joshua, avec le père Noël qui clignote dans la vitrine toute l'année. M. Patok a toujours voué une passion aux gâteaux à la noix de pécan et, bien qu'il ait quarante-cinq ans, il continue à les manger comme il le faisait quand il avait votre âge: il prend une bouchée, il l'écrase entre sa langue et son palais et la laisse fondre. Quand il ne lui reste plus que des éclats de noix dans la bouche, il les suce longtemps avant de les croquer, puis il prend une deuxième bouchée, et ainsi de suite, jusqu'à la dernière miette. La nuit, il lui arrive de rêver qu'il mange un gâteau à la noix de pécan de chez Joshua. La texture est plus vraie que nature : collante, tiède et compacte comme de la pâte à pain mal cuite. Malheureusement, le gâteau n'a pas de goût. Aucun. Et aussi étrange que ce soit, cela suffit à réveiller en sursaut M. Patok qui s'assied au bord du lit, le dos voûté, et la main comme ça, vous voyez ? Pressée sur le cœur. À quoi peut bien penser M. Patok ? À vrai dire, je ne sais pas très bien. Il pense à sa vie. Il pense à sa femme qui a laissé un fossé sur la moitié gauche du matelas : c'est son fantôme à taches de rousseur. Il ne dort jamais du côté gauche du lit. Il pense aussi, j'imagine, à son travail à la piscine de Mikiwam, qu'il a perdu quelques semaines après sa femme. Il a été renvoyé et vous verrez pourquoi. Une idée en entraînant une autre, il pense au permis de conduire qu'un agent de police lui a retiré parce qu'il roulait, complètement ivre, deux roues sur la chaussée, deux roues sur le trottoir. Pourtant, avant la mort de Johanna, je vous assure que M. Patok ne buvait pas. Mais alors pas une goutte. Croyez-moi, il détestait l'alcool. Et d'ailleurs il détestait les hommes qui se retrouvent après le travail, qui boivent de la bière dans de grandes chopes, et qui à la sortie du bar se serrent les uns les autres très fort dans leurs bras, comme des amoureux, puis se donnent des coups de poing dans le torse et les épaules avec des sourires rectangulaires, et qui ont l'air fous de colère. Ou alors peut-être que M. Patok pense tout simplement au pépin cardiaque qui a gâché son dernier repas de Thanksgiving. Ça n'est pas moi, c'est lui qui emploie l'expression *pépin cardiaque*, parce qu'il a une peur bleue du mot infarctus. Il était assis devant son assiette de Thanksgiving – Johanna versait une petite louche de sauce aux airelles sur la cuisse de dinde de M. Patok – quand il a senti qu'on écrasait son cœur sous la semelle d'une botte. Ils ont tout laissé en plan sur la table : la belle dinde, les châtaignes rôties, la purée de patates douces, tout. Johanna a conduit son mari à l'hôpital St. Matthew de Pessahee, en s'arrêtant non seulement aux feux rouges mais aussi à chaque panneau stop, alors que les rues étaient désertes, puisque toute l'Amérique était assise devant une cuisse de dinde. Le docteur qui l'a examiné avait les dents grises et sentait le tabac. Il ne portait pas de blouse blanche. M. Patok a vu ça d'un mauvais œil, un docteur qui vous reçoit à l'hôpital sans blouse blanche, avec une chemise et un pull en V de golfeur. Pour couronner le tout, l'homme sans blouse a dit cinq fois le mot infarctus et à la fin il a tendu à M. Patok la liste des aliments délicieux que M. Patok ne devrait plus manger *s'il tenait à la vie*. M. Patok a parcouru la liste du regard et, comme ce qu'il redoutait de trouver n'y figurait pas, il a demandé, pour en avoir le cœur net : « Et les gâteaux à la noix de pécan ? ».

Revenons à la nuit qui précède la mort de M. Patok,

quand il est assis au bord du lit, un peu voûté, la main sur la poitrine. On n'entend rien d'autre que sa respiration et les bruits d'estomac du radiateur. Sa peau est vert pâle dans la lumière du réveille-matin. Il pense au gâteau à la noix de pécan qu'il a mangé en rêve et qui n'avait pas de goût. Il tourne le visage vers les chiffres lumineux et calcule qu'il lui faut patienter encore trois heures avant de monter dans le premier bus qui pourra le conduire à quelques pas de chez Joshua. Assis, couché sur le dos, assis, couché sur le côté, incapable de trouver le sommeil, il attend l'aube. Voilà, il est enfin l'heure. M. Patok se lève, il garde le caleçon avec lequel il a dormi, enfile ses habits de la veille et prend le bus qui longe le parc Abraham Lincoln en direction de la pâtisserie qui se trouve à l'autre extrémité de Zion Heights. Si vous regardez une carte, vous verrez que M. Patok ne pourrait pas, tout en habitant à Zion Heights, habiter plus loin de la pâtisserie. La distance ne le décourage pas. Il a remarqué que le trajet en bus était toujours un moment agréable, puisque chaque mètre parcouru le rapprochait de son gâteau et que, par une opération étonnante de son cerveau, M. Patok avait toujours dans la bouche, à l'instant où le bus dépassait la statue d'Abraham Lincoln, le goût du chocolat et de la noix de pécan : c'est-à-dire le goût même du bonheur. Un bonheur qui était (et c'était encore plus vrai ce matin-là) le dernier bonheur de la vie de M. Patok. Je n'ai pas tous les détails de l'histoire, mais il a dû arriver chez Joshua pile au moment où la pâtisserie ouvrait ses portes.

Avant même qu'il ait salué la femme en tablier mauve (du même mauve que le fard sur ses paupières, même mauve que ses montures de lunettes, même mauve que ses boucles d'oreilles circulaires et démesurées), celle-ci lui demande avec beaucoup d'entrain et une ombre de moquerie s'il ne voudrait pas, par le plus grand des hasards, une part de gâteau à la noix de pécan avec un coulis de caramel. Elle a l'habitude de le voir débarquer de bonne heure ; elle connaît son péché mignon. M. Patok tarde un peu à répondre. Il rentre le ventre. Il repense au docteur de l'hôpital St. Matthew et revoit ses dents couleur cendre. Il promène un regard hésitant sur les salades de fruits alignées sur l'étagère en verre – cubes de melon et cubes de pastèque dans des gobelets transparents. La femme mauve ne prête aucune attention au petit manège de M. Patok et presse vigoureusement une espèce de biberon renversé au-dessus du gâteau à la noix de pécan, le couvrant entièrement d'un coulis châtain. Une minute plus tard, M. Patok sort de la pâtisserie et croise une femme avec deux sacs à main pendus à l'épaule : un rouge, minuscule et étincelant, et l'autre, énorme, une sorte d'oreiller mou, où elle a dû fourrer tout ce qui ne tenait pas dans le petit. M. Patok ressent la piqûre d'une aiguille sous le nombril parce que Johanna avait la même habitude, toujours deux sacs sur l'épaule droite. Un tape-à-l'œil, à moitié doré et à moitié couvert de fausse fourrure blanche, qu'elle promenait dans les rues comme un chihuahua en manteau d'hermine, et un sac informe avec le nom d'une marque de shampoing, bourré à craquer, qui gâchait l'effet du premier.

C'est juste après avoir dépassé la femme aux deux sacs que M. Patok remarque le panneau publicitaire planté sur le trottoir d'en face : *Bougez vos fesses maintenant si vous voulez les bouger dans vingt ans.* Sur l'affiche, il y a un homme qui sourit, entouré de jeunes femmes qui elles aussi sourient, avec des tapis bleus sous les pieds et des bandeaux en éponge sur le front. M. Patok se dit qu'il ferait mieux de rentrer à pied. La marche annulerait les effets dangereux des graisses tapies dans le gâteau à la noix de pécan (le docteur de l'hôpital St. Matthew lui apparaît : il fourre l'index de sa main droite au creux de l'index recroquevillé de sa main gauche, pour montrer comment la graisse finira par boucher l'une de ses artères). Au loin, on entend les explosions sourdes du tonnerre. L'orage est proche, mais sa décision est prise : M. Patok rentrera à pied. Il pense à ce long chemin du retour, qui lui fera traverser de part en part le parc Abraham Lincoln et il en oublie qu'il est en train de manger son gâteau à la noix de pécan. Il réalise qu'il en a déjà englouti les trois quarts, sans en avoir profité. Ses yeux se remplissent de larmes, ce qui peut sembler une réaction très disproportionnée, mais nous ne sommes pas à la place de M. Patok. Il reprend ses esprits en s'appuyant un moment au poteau qui marque l'arrêt du bus dans lequel, comme vous le savez, il a décidé de ne pas monter. L'air pétille d'électricité. Ça ressemble au craquement des semelles sur un parterre de sucre en poudre. En pressant la langue sur son palais, M. Patok fait fondre la dernière bouchée de chocolat à la noix de pécan. Il se concentre pour saisir les saveurs qui inondent ses papilles, pulsent à l'arrière de sa tête et le comblent d'une sensation inouïe de tendresse et de réconfort. M. Patok regrette que ce soit déjà fini et qu'il soit impossible de retenir le goût, comme on retient quelqu'un dans ses bras, au moment de se séparer. Il regarde en l'air et se demande ce que Johanna aurait pensé de ces gros nuages sardine argentée. Elle aurait dit : « Neuf chances sur dix qu'on se prenne la pluie, tu crois pas ? » (Quel que soit le sujet, Johanna demandait son avis à son mari et cette manie n'a jamais agacé M. Patok.) Soudain il sent dans son dos la présence tiède et inquiète d'une vache ou d'une jument qui souffle fort. M. Patok se retourne : rien, personne. Quand le bus s'arrête devant lui et que les portes s'ouvrent, M. Patok dit bien fort :

— Non merci ! Je rentre à pied jusqu'à Oak Avenue, ça me fera de l'exercice !

— Jusqu'à Oak Avenue ? Vous êtes sûr ?

La conductrice l'a dit d'une voix qui n'a rien de railleur, rien de mauvais, et qui pourtant, on ne sait pas pourquoi, dégoupille une grenade dans la gorge de M. Patok, qui est surpris d'entendre sa propre voix blessée et brûlée crier : « Bien sûr que je suis sûr ! Ça te dérange, pauvre conne ! » Sans lui accorder un regard, la conductrice fouette l'air d'une gifle molle en direction de M. Patok. Elle appuie sur le bouton qui commande la fermeture des portes. Un passager déclare qu'il faut aller au commissariat de police et porter plainte contre le *monsieur.* Un autre dit que le *monsieur* s'appelle Patok, qu'il a travaillé à l'accueil de la piscine de Mikiwam et qu'il a perdu sa femme d'un cancer. Un troisième dit que tout le monde a ses problèmes et que ça ne donne pas tous les droits. La plus vieille femme de l'autobus dit qu'elle n'est pas du genre à colporter des rumeurs, mais qu'elle a entendu dire que M. Patok avait un problème avec la boisson et que c'est pour cette raison, et pour une autre bien plus grave encore, qu'il a été renvoyé de la piscine. Un certain nombre de passagers écoutent sans en avoir l'air, en regardant par les fenêtres, tandis que M. Patok, lui, observe le bus qui s'éloigne. Il porte la main à sa poitrine et pense que son cœur ne va pas tenir le choc. Des frissons glacés lui coulent dans le dos. Vraiment, il ne comprend pas ce qui lui a pris. Il voudrait courir après l'autobus, grimper à bord et expliquer à cette pauvre femme que ses paroles ont dépassé ses pensées. Qu'il a toujours eu un respect inné pour les conductrices d'autobus, comme un fils unique a pour sa mère.

La pluie oblique se met à tomber en taches ovales sur le trottoir. On dirait une immense robe de léopard. C'est d'une beauté fantastique, seulement, tout à coup, M. Patok a envie de mourir. Il soupire doucement : *Johanna.* Je ne vous l'ai pas encore dit, mais M. Patok aimerait beaucoup se tuer lui-même, se *suicider,* comme on dit. Le problème, c'est que le mot suicide a une sonorité de serpent qui provoque chez M. Patok une telle angoisse qu'il n'arrive jamais à réfléchir tranquillement aux différentes techniques qui permettent de se donner la mort. Quand le mot surgit au milieu de la nuit, M. Patok a une méthode pour le chasser. Il fixe les chiffres verts du réveille-matin et prononce à voix haute des noms d'objets ordinaires et quotidiens (mais pas trop quotidiens quand même, pour qu'ils ne lui rappellent pas la vie avec Johanna). Tondeuse à gazon, annuaire téléphonique, casquette de base-ball, chemisette de scout, biscuits à la noix de macadamia, bonnet de bain… Quand il travaillait à la piscine de Mikiwam, c'était à lui de vérifier que personne ne franchissait la porte battante des vestiaires sans un bonnet de bain au fond de son sac. M. Patok avait le droit de se baigner, le soir, après le départ des derniers visiteurs. Il aimait la sensation d'étreinte du bonnet sur le haut du front et les tempes. Quand il se regardait dans le reflet de la vitre qui longeait les gradins, il se trouvait, grâce au bonnet, un petit air de nageur professionnel, à condition de découper son image au niveau de la pomme d'Adam. (Comme beaucoup d'hommes de son âge, il avait le torse maigre, le ventre gras et des jambes en allumettes.) M. Patok aimait se tenir à l'extrémité du plongeoir, faire dépasser les orteils dans le vide et enfoncer les talons dans le revêtement bleu et douloureux comme du papier de verre. Il pliait les jambes et rêvait qu'il décollait. Il volait dans le parfum étoilé du chlore, les bras en croix. Il restait longtemps dans les airs avant de percer la pulpe turquoise à la vitesse d'une flèche, le torse drapé d'eau métallique, sans que la piscine ne recrache une seule goutte. Il quittait ensuite le plongeoir à reculons. Il se regardait une dernière fois dans la vitre des gradins et retournait au vestiaire.

Vous l'avez compris, M. Patok ne savait pas nager. Il n'avait pas l'intention d'apprendre car il connaissait bien les risques liés à la pratique de la nage. Il se souvenait d'une petite fille qui avait pris trop d'élan et s'était coupé le bout de la langue avec ses propres dents en retombant la tête la première sur le plongeoir. Le sang noir avait formé une flaque et goutté dans l'eau rose. En réalité, M. Patok n'avait pas vraiment vu la scène. Ou plutôt, il ne l'avait pas vue du tout. C'est un maître-nageur qui lui avait raconté. Au moment de l'accident, M. Patok était derrière son comptoir, à l'entrée de la piscine, où il avait une altercation avec un vieil homme chauve :

— Monsieur, je regrette. Pas de bonnet, pas de piscine.

— Vous voyez bien que je n'ai pas de cheveux ! Pas de cheveux, pas de bonnet !

— Non, monsieur. Pas de bonnet, pas de piscine.

— Et pour quelle raison au monde ?

— Pour votre sécurité, monsieur.

Et M. Patok était sincère. Il pensait que le respect des règles, quelles qu'elles soient, permettait d'éviter ce qui l'effrayait le plus au monde : les accidents. Dans son enfance, sa mère évoquait souvent une famille d'accidents particulièrement horrifiants : les accidents domestiques. C'est-à-dire ceux qui vous frappent là où vous vous croyez le plus à l'abri. Et d'ailleurs, les enfants, si vous me permettez d'ouvrir une parenthèse qui peut vous sauver la vie, ne buvez jamais directement à la bouteille. Il arrive qu'un adulte verse de l'eau de Javel à l'intérieur d'une bouteille de lait et la laisse en belle vue sur une étagère un peu haute. Vous avez soif, vous grimpez sur une chaise, vous attrapez la bouteille, vous portez le goulot à votre bouche, et le temps de réaliser que ce lait n'a pas le goût de lait, vous êtes mort. Je referme cette parenthèse. La pluie tombe à verse et l'orage redouble de force. M. Patok se réfugie sous la jupe d'un majestueux saule pleureur. Si majestueux que M. Patok redoute que la foudre le choisisse et tombe dessus. Alors d'un pas vif, il s'éloigne. Tout en marchant, il est pris d'un grand découragement. Comment pourra-t-il mourir ? Comment pourra-t-il jamais quitter ce monde s'il est toujours si prudent, s'il fuit la première occasion d'être foudroyé ? La veille, il a lu dans le *Long Island Sound Daily* que l'espérance de vie d'un homme américain né, comme lui, en 1940 était de soixante-dix ans. Or il n'en a que quarante-cinq. Il soupire. De fines vipères de pluie entrent par le col de son T-shirt qu'il n'a pas changé depuis des jours et des jours et sur lequel on peut lire : JÉSUS SAUVE ! La dernière fois qu'il a pris un risque, c'est quand il a roulé, complètement saoul, juste après avoir volé 239 dollars dans la caisse de la piscine de Mikiwam. Sur la bande en noir et blanc de la caméra de surveillance, on pouvait voir

M. Patok frapper la caisse enregistreuse à grands coups avec la hache de sécurité. La police l'avait arrêté quelques minutes plus tard, parce qu'il roulait au pas, deux roues sur la chaussée, deux roues sur le trottoir, devant l'école maternelle pentecôtiste de Zion Heights. Les mots sortaient de sa bouche, parfaitement articulés et au ralenti : « Monsieur l'agent… vous arrivez au mauvais moment… Il faut regarder tout ce qui s'est passé avant… Johanna est tombée malade… On a essayé de la soigner… Ça n'a pas marché… Johanna nous a quittés… Enfin c'est surtout moi qu'elle a quitté, parce qu'on ne voyait presque personne, on vivait comme les deux oreilles d'un lapin… Ce matin ça fait pile un an… Alors je me suis dit : Jonas, tu vas aller mettre des fleurs sur sa tombe au cimetière… Des tonnes de fleurs… Mais des tonnes de fleurs, c'est une dépense… Regardez sur la banquette arrière… C'est la caisse de la piscine… J'ai tout pris… J'ai pas laissé un *quarter*, je le jure sur la tête de Johanna… Vous êtes témoin… Je roulais à la vitesse d'une poussette… Je risquais rien… Pas d'accident possible… J'ai la phobie des accidents. »

Les vêtements trempés lui collent au corps comme de l'argile. Trois grands éclairs illuminent le ciel. M. Patok fait exprès de rester loin des arbres. Il se souvient de la gentillesse du policier qui au lieu de lui donner une amende lui avait dit : « Monsieur, dans la vie, il arrive qu'une chose foireuse entraîne une autre chose encore plus foireuse, et ainsi de suite, jusqu'au moment où, vous allez voir, quelque chose de bon vous arrive. »

Les enfants, je ne peux pas en être absolument certain puisque je n'étais pas dans la tête de M. Patok, mais je crois bien qu'il repensait à cette phrase du policier au moment où la foudre est tombée sur lui, oui, sur Jonas Patok, au beau milieu de l'allée principale du parc Abraham Lincoln, à quelques kilomètres de notre salle de classe.

— Elle est vraie, l'histoire ? demande Clovis.

M. Chamault répond que l'histoire est *on ne peut plus vraie.* Pour en apporter la preuve, il prend sur son bureau le *Long Island Sound Daily,* l'ouvre à l'avant-dernière page, et lit à ses vingt-deux élèves de CE2 les lignes consacrées au fait divers :

> J. Patok, quarante-cinq ans, sans emploi, a trouvé la mort dans le parc A. Lincoln de Zion Heights, frappé par la foudre.
>
> L'homme ne se trouvait apparemment pas sous un arbre au moment du drame.

Sarah

On ne m'a jamais appelée Sarah. Mes élèves et la plupart des gens m'appellent Jézu, parce que j'ai joué le petit Jésus dans un spectacle de Noël quand j'avais trois ans. On m'avait choisie pour mon caractère obéissant et mes boucles rousses. Je devais rester couchée dans la mangeoire, sans bouger, les yeux fermés, pendant que quatre *grands* déguisés en Marie, Joseph, en âne et en bœuf me regardaient avec adoration. Les parents soupiraient d'attendrissement devant le spectacle de la Nativité, et d'un bond j'étais sortie de ma mangeoire, j'avais traversé la scène, poussé une porte et disparu. Je ne m'en souviens pas. C'est ma mère et la rumeur qui me l'ont raconté plus tard, des millions de fois.

Sur mon enfance, il n'y a rien à dire. J'aimais jouer du piano quand j'étais seule et que personne ne pouvait m'entendre, mais ma mère a décidé que j'aurais un grand public. Je serais une soliste de renommée internationale. Je jouerais dans les salles les plus prestigieuses, ma mère me le jurait avec une grimace bizarre. Elle me chantait leurs noms en m'endormant, toujours dans le même ordre :

Carnegie Hall, Théâtre Mariinsky
Royal Albert Hall, Berliner Philharmoniker
Musikverein de Vienne, Salle Pleyel
Teatro alla Scala, Teatro Massimo
Philharmonie de Varsovie, Opéra de Paris

Toutes les auditions, tous les concours que j'ai passés, je les ai ratés. À chaque échec, ma mère me demandait de choisir une Vierge à l'Enfant dans sa collection en porcelaine. Je montrais du doigt celle qui me semblait la moins précieuse, la moins chère. Ma mère la jetait contre le mur où elle se brisait en laissant une petite marque plâtreuse sur la tapisserie. Elle s'écriait : *Mon Dieu ! Voilà !* comme si nous n'avions pas le choix, comme si la seule chose à faire pour racheter mon absence têtue de talent était de pulvériser une Vierge à l'Enfant. Trente ans plus tard, j'ai parfois une bouffée de culpabilité devant le souvenir d'une bille aux cheveux blonds, au doux regard d'amour infaillible, qui avait roulé sur le parquet et buté contre mon pied. Le visage tourné vers moi, l'enfant Jésus me souriait et me pardonnait une faute impardonnable.

J'ai fini par trouver une place dans un groupe de jazz, les Berenstain Birds, au début des années 70. J'avais joué cinq mesures, grippées par le trac, quand Sandro (le chanteur, qui s'appelait en réalité Harry) m'avait interrompue, déclarant que j'étais la personne qu'il recherchait depuis des années, vu que j'étais rousse comme le jazz, et rousse comme les rousses à grands fronts des peintures de la Renaissance. Sandro portait un blouson en velours rouge avec *La Naissance de Vénus* de Botticelli brodée dans le dos. On tournait dans les sous-sols enfumés du New Jersey et du Delaware, gagnant de quoi se payer le snack-bar et l'essence pour le camion qui nous servait deux nuits sur trois de chambre d'hôtel. J'étais la seule femme des Berenstain Birds. Tour à tour, chaque membre du groupe m'a déclaré son amour (même le contrebassiste placide et fou de silence). Chacun ignorait que tous les autres m'avaient avoué, avec des mots mystérieusement identiques, qu'ils jouaient leur musique pour moi seule et brûlaient de caresser mes cheveux de cuivre. Ils voulaient tous m'enlever, m'emporter loin du camion, sur la côte Ouest, où on s'étendrait le long du Pacifique sur des sacs de céréales, à l'arrière d'un train de marchandises, sous les baisers du soleil ou une neige d'étoiles. Droit dans les yeux, je répondais : « J'ai déjà un amour, il faut me laisser tranquille. »

C'était un mensonge et pourtant c'était vrai. Quand j'enfonçais les touches du piano, les notes devenaient humides et les sons solides. Ils prenaient la forme d'une pieuvre chaude qui me serrait et s'insinuait en moi. Tout le monde voyait passer sur mon visage la vague tordue du plaisir. Je voulais être seule, loin des voyeurs, lovée dans ma musique. J'ai annoncé que je quittais le groupe. Sandro a proposé que je m'asseye simplement au piano pendant les concerts, sans rien faire. Que je sois leur muse rousse jusqu'à la fin des temps. J'ai refusé le poste.

En 1974, j'ai trouvé un emploi très mal payé à l'École libre bilingue de Zion Heights dans le Connecticut. Je devais initier les enfants au solfège et au chant, et monter la comédie musicale de fin d'année. J'ai commencé par observer les élèves dans la cour. Ils avaient trois formes possibles : des essaims mouvants, des archipels, et des rochers isolés où des insultes et des rires venaient se fracasser. J'ai écouté leurs différentes façons de crier et j'ai choisi les trente qui joueraient dans *Alice au pays des merveilles.* J'ai donné vie à la chenille bleue qui fume la pipe turque. De la trappe noire de sa bouche sortait une fumée bleue tellement épaisse qu'on ne voyait plus la scène. Le lièvre de mars, le chat du Cheshire, Alice, le chapelier, la Reine de cœur et tous les autres étaient des dentelles de fantômes dans le brouillard. Au milieu du spectacle, la salle entière a été prise de suées et de vertiges. On a fait courir le bruit que j'avais versé un produit magique et interdit dans la pipe de la chenille. L'année suivante, c'était *Le Magicien d'Oz*, celle d'après *Pierre et le loup*, puis *La Belle et la Bête*, *Le Livre des Rois*, *Vingt Mille Lieues sous les mers.* L'année de l'accident, j'avais choisi *L'Enfer* de Dante. On avait fabriqué la forêt où l'on va pour perdre les enfants. Les arbres étaient recouverts de miroirs brisés et de milliers d'ormeaux irisés de nacre. Aux branches, il y avait des fémurs de poulet, des plumes de corbeau et des flammes de soie qui tremblaient vers une lune noire en pierre volcanique, et des nids d'oiseaux d'où pendaient de longs cheveux blonds perlés de dents de lait, par centaines, incisives et canines, tombées de la bouche même des enfants, qui à chaque nouveau spectacle se jetaient dans le puits de notre songe. Leurs corps se hérissaient d'antennes. Ils voyaient des mirages, ils entendaient des voix. Nos rêves étaient des ordres. Rien n'était inimaginable. Pas un élève, depuis les tout-petits qui savent à peine découper une feuille de papier, jusqu'aux aînés qui marchent l'air buté au bord du ravin de l'adolescence, pas un qui ait refusé de travailler dur et de prendre feu pour projeter ses ombres. Ils laissaient le fleuve hanté du chant leur forcer la gorge. Ils écourtaient leurs nuits et leurs jeux pour que tout soit prêt à temps.

Avant la représentation, à travers une déchirure du rideau de velours, j'aime surveiller les parents qui s'installent dans la salle. Ils sont gais, ils rient, ils parlent fort, en français et en anglais, passant d'une langue à l'autre. Ils n'ont qu'un seul sujet de conversation : leurs enfants. On félicite les mères enceintes, les pères qui ont participé au cross de fin d'année, les filles qui se sont fait poser des bagues scintillantes sur les dents. Personne ne pense vraiment au spectacle qui bouillonne en coulisse. Les lumières s'éteignent. Les parents espèrent que leur fille n'aura pas un trop petit rôle. Dans les scènes où elle apparaîtra, ils la regarderont sans voir les autres enfants. Ils auront peur qu'elle oublie son texte et qu'elle trébuche dans son costume. Elle sera au centre de leurs photos et autour d'elle tout sera flou. Le rideau s'ouvre et le silence tombe comme une bombe dans la salle. Les élèves forment une colline de corps empilés, un charnier. Ils sourient, les yeux dans le vide, avec de longs cils recourbés de music-hall. Leurs mains douces reposent dans d'autres mains douces. Ils sont noués les uns aux autres en une géante pelote humaine. Leurs chevelures d'algues sombres se jettent dans la mer. On voit passer des nageoires dorsales. Il tombe sur les jeunes morts une nuée d'aigrettes de pissenlit, celles qui s'envolent en cendres légères quand on souffle dessus. On se croirait après un incendie. On tend l'oreille et on entend une rumeur. Ce sont les morts qui fredonnent. La lumière des projecteurs devient trop vive, on ferme les yeux. Les parachutes de pissenlit dansent encore, en impression fluorescente, derrière les paupières. Le chant grossit et les parents, les grands-mères, les amis qui ont fait une heure de voiture pour être dans le public sont sûrs de voir une baleine bleue, blessée, grande ouverte sur le flanc, et dans son ventre chaud, les pieds dans le sang, les enfants, bien vivants, riant, jouant à la marelle.

Tout le monde connaissait mon nom. À l'École libre bilingue, j'étais Jézu, l'enseignante la plus admirée, et dans un sens très ancien et sorcier, la plus crainte. J'ai des preuves de ce que je dis. J'en ai même ici, dans cet appartement de la vieille ville du Mans où je viens d'emménager. Au pied de l'armoire de la chambre, il y a des coupures de presse dans une boîte à chaussures sur laquelle j'ai écrit, il y a des millénaires et dans un autre monde, à l'époque du bonheur invisible et évident, l'époque sans effroi, en toutes petites lettres modestes et orgueilleuses : *Critiques spectacles.* Je connais par cœur l'article du *Long Island Sound Daily* du 21 juin 1984 : « Mes pauvres lecteurs, c'est peut-être mon dernier papier dans ce journal miteux et je le dédie à Maggie. Les spectacles qui voient le jour dans notre comté sont tous mièvres et minables. Ça fait vingt-sept ans que je vous l'écris sur tous les tons. Depuis quelque temps, mon calvaire est moins pénible : je m'endors en plein désastre, un quart d'heure après le lever de rideau. Je plonge toujours dans le même cauchemar. Vous voyez, ces rêves où il faut fuir en traînant une valise qui perd tout ce qu'elle a dans le ventre ? Est-ce que je vous ai dit, au moins, que j'avais un cancer ? Gorge et langue. Je venais de m'engueuler au téléphone avec ma mère quand Maggie (je vous ai déjà parlé cent fois de Maggie, ma consœur alcoolique des pages “Santé et Bien-être”) est entrée dans mon bureau pour me conseiller d'aller voir une comédie musicale à l'école franco-américaine de Zion Heights. Une adaptation de *Sa Majesté des Mouches* de William Golding, mise en scène par une prof de musique surnommée Jésus. Un messie local réputé pour changer la bouse d'écolier en lingots d'or. J'ai cru que Maggie se payait ma tête. Je l'ai chassée en la traitant d'ivrogne. *Sa Majesté des Mouches* jouée par des écoliers ? Vous voulez m'achever, c'est ça ? J'ai feuilleté mon agenda de la semaine : rien, à part un rendez-vous galant avec mon ORL et un déjeuner avec ma mère qui m'en veut à mort, si je puis dire (“Travis, je te rappelle que je suis ta mère ! Ressaisis-toi ! Tu ne peux pas me faire ça ! C'est à moi de mourir la première ! Tu es aussi égoïste que ton père !” Enfin, vous voyez le tableau). Alors je me suis dit : pourquoi pas. Pourquoi ne pas finir cette lamentable carrière de critique, rubrique Spectacles, en étrillant une comédie musicale dans laquelle, chers lecteurs, vos propres enfants et petits-enfants obèses s'égosillent emballés dans du papier crépon ? N'écoutant que mon courage et mon mauvais esprit, j'y suis allé. Cet article touche à sa fin et votre serviteur, c'est malin, est trop fatigué pour vous raconter ce qu'il a vu. Une chose est sûre : cette Jésus, je l'ai attendue toute ma vie. »

J'ai été cette femme-là. J'ai été ce qu'on appelle, pardon pour le mot si bête, une vraie petite *star*. Les écoles de la région m'ont toutes proposé de monter leur comédie musicale de fin d'année. J'aurais pu accepter, faire tourner le même spectacle partout, trimbaler les décors, déléguer les répétitions. Ne serait-ce que pour l'argent dont je manquais tout le temps. Ou j'aurais au moins pu profiter de ce succès pour demander au directeur de l'école, M. Wolcott, d'augmenter mon salaire. J'avais un contrat d'*animatrice artistique* et non de *professeur de musique*, ce qui ne voulait rien dire sinon que je gagnais la moitié du salaire de la prof de sport, qui donnait ses cours du haut d'une chaise d'arbitre et parlait aux élèves dans un mégaphone. En 1979, j'ai été contactée par un producteur – un vrai producteur de vrais spectacles avec un vrai bureau à Broadway. Pendant tout le rendez-vous, j'avais honte d'être grisée et secrètement fière. Le producteur débordait d'enthousiasme. Il avait des compliments plein la bouche. Je ne lui ai pas tendu un seul sourire. Je ne l'ai jamais rappelé, j'ai tout laissé filer. Je suis restée là où j'étais, dans mon bel œuf bleu, avec mes élèves qui glissaient chaque jour dans mon casier des lettres et des poèmes battants. Leurs parents m'arrêtaient dans les allées du supermarché : « Mon fils a horreur de l'école, mais avec vous, Jézu, c'est le grand amour ! » Je me tenais à distance de mes collègues. Je sentais que je les agaçais, et je dois avouer que leurs élans jaloux me procuraient un certain plaisir. Ils supportaient mal que mon atelier attire les meilleurs élèves de l'école, dont les succès à venir se voyaient depuis la côte, dressés au loin comme des phares, et plus mal encore qu'il aimante les cancres, les petits cons qui rotent quand on leur demande de retirer leur casquette, cognent au hasard les épaules dans les couloirs, s'en prennent aux maigres, aux gros, aux rouquins à lunettes. Quand ce genre de teignes arrivaient dans ma salle de répétition, ils se comportaient comme les témoins d'une noyade. Ils se débarrassaient en précipitation de leurs habits et de leurs chaussures. Ils se jetaient dans l'eau glaciale, sans se demander s'ils seraient capables de sauver le noyé. Une force au cœur sûr les poussait dans le dos et je n'y étais pas pour rien.

J'ai travaillé avec des centaines d'élèves âgés de six à treize ans. Après la classe de 5e, ils s'en allaient dans une autre école et je ne pouvais rien faire, ni les serrer trop fort ni chercher à les revoir. Dès qu'on rencontre un enfant, on se prépare à sa disparition. Un jour vient où les enfants meurent. Je ne le dis pas pour que mon enfer soit moins infernal. C'est comme ça. Les enfants meurent, leur vie est courte. Elle vole autour de nos têtes et ne se pose jamais.

Je louais deux pièces au rez-de-chaussée d'une grande maison à colonnes, de style vaguement victorien, dans la même rue que six enfants scolarisés à l'École libre bilingue. La rue menait à une étendue d'eau qu'on appelait le *lac*, mais qui était en réalité une baie découpée dans le détroit de Long Island. Comme cette partie de la ville se trouvait au-delà de la zone desservie par les bus jaunes, les familles du quartier avaient organisé un système de ramassage scolaire. C'est Solène, la mère de Laëtitia, qui m'avait demandé si j'accepterais de transporter un groupe de six enfants, le jeudi et le vendredi, c'est-à-dire les deux matins où je devais de toute façon me rendre tôt à l'école. J'avais toujours aimé ces vingt-deux minutes de calme, seule dans mon van, avant de retrouver les élèves et d'être plongée dans le bruit et la nasse de leurs corps. J'ai accepté, immédiatement et à contrecœur. J'ai promis que ça ne changeait absolument rien pour moi, puisque c'était sur mon chemin. J'ai même dit que mon van Dodge serait *idéal* pour accueillir six enfants. Je me revois fouillant dans mon portefeuille, sortir mes deux permis de conduire, le français et l'américain, et les agiter stupidement sous le nez de Solène Passereau : « Vous voyez, je suis doublement qualifiée pour cette mission ! » J'avais passé mon permis une première fois en France, l'année de mon bac, et à nouveau dans le New Jersey, à mon arrivée aux États-Unis, le pays où j'étais née vingt et un ans plus tôt, mais seulement née : ma mère me nourrissait encore au sein quand elle m'avait ramenée en France, par l'océan. Où était mon père ce jour-là ? Peut-être sur le quai, en costume du dimanche, comme dans ces films en noir et blanc où les gens agitent leur mouchoir pour bénir le paquebot qui s'éloigne.

Sur les six enfants, cinq étaient déjà assis dans mon van. Il ne manquait plus que Laëtitia, qui courait vers nous. Au milieu de son jardin elle a laissé tomber sa lunch-box, tendu les bras au ciel, et exécuté une drôle de roue énergique et ratée. Sa longue jupe à pois noirs lui a recouvert le visage. Ses longs cheveux frisés ont touché terre. C'est la première image que j'ai d'elle. Elle a repris sa course vers le van, s'est arrêtée d'un coup, en écrasant comiquement les mains sur sa tête ébouriffée, puis elle est repartie en sens inverse récupérer la lunch-box oubliée dans l'herbe. En entrant dans le van, elle s'est écriée : « Mille trois cent douze pardons pour le retard ! Un peu plus et je mangeais des vers de terre à midi ! » Dans sa voix, dans ses gestes, il n'y avait rien de la timidité qui avait dévoré mon enfance. Elle a attaché sa ceinture et se tournant vers sa voisine : « Toi, je parie que tu t'appelles Émilie. Tiens, on va échanger nos manteaux. Ce soir, on se les rendra. » Son ton de certitude m'a fascinée. Elle était aussi rousse et mal coiffée que la petite fille que j'avais été. Un roux orangé, épais comme un nid, entremêlé de fils de cuivre qui s'illuminent de l'intérieur.

Au bout de quelques semaines, Laëtitia a pris l'habitude de s'asseoir au fond du van à côté de Clovis, un garçon de sa classe à qui je donnais des cours de piano tous les samedis. Clovis traitait Laëtitia de folle, de caniche rouge, de feuille morte, de citrouille tarée. Il la poussait à deux mains : « Pourquoi elle me colle, cette mongole ! » Laëtitia riait aux éclats. Je ne m'en mêlais pas. Je me contentais de dire d'une voix indifférente : « Moins fort, derrière… J'essaie de conduire… » Laëtitia tapait Clovis, pas en douce, de vraies gifles, et Clovis m'appelait au secours. « Jézu, vous avez vu ! Elle m'a tapé ! C'est une folle, cette folle ! » Sans quitter la route des yeux, je disais dans un murmure : « Chut, les enfants… Si vous continuez, je vais avoir un accident… » Clovis, lui, ne frappait jamais Laëtitia. Il lançait : « Cinglée ! » Elle le giflait. Il criait : « Barjot ! » Elle lui collait une deuxième claque. Et ça continuait. Je fixais la route, je m'envolais dans mes pensées, je n'avais plus conscience de la présence des enfants, je n'entendais plus leurs voix, je chuchotais le genre de phrases pâteuses qu'on dit en s'endormant, quand on a déjà un pied dans le rêve : « Chut… Qu'est-ce que c'est ? Il y a un volet qui claque quelque part… » D'autres matins, Clovis et Laëtitia s'entendaient à merveille. Laëtitia expliquait que les cerisiers du bord de route mangeaient leurs propres cerises ; c'était pour cette raison qu'on ne voyait jamais de fruits à leurs branches. Clovis ouvrait la fenêtre et gueulait à tue-tête : « Voleuuuuurs ! On sait ce que vous faites ! Fils de pute ! Enculés de cerisiers ! » Je faisais semblant d'être furieuse : « Clovis ! Pas ces mots-là dans mon camion ! » Tout ce que je voulais, c'était arriver à l'école. Qu'ils sortent tous les six. Qu'ils soient en lieu sûr et que je sois débarrassée.

Un matin, à l'arrière du van, Clovis a raconté que son père, *le plus grand sculpteur de toute la terre*, menait une expérience. Il portait sur les yeux nuit et jour une paire de collants enroulés, appartenant à la mère de Clovis, qui participait à l'expérience en aidant son mari à survivre dans le noir. Elle lui enfilait ses habits, le coiffait, le rasait, lui lisait le *Time Magazine*, le promenait dans le jardin en le tenant par le bras. Elle comparait le ciel aux couleurs d'un nuancier qu'elle déployait en éventail sur la table du jardin, et disait : « Mon chéri, ce matin, il fait gris. Le gris n° 8/2 pour être exacte. » Elle nourrissait son mari à la cuillère, *comme un gros bébé*, avait précisé Clovis qui guettait la réaction de Laëtitia, espérant qu'elle se moquerait de lui, pour qu'il puisse l'insulter et qu'elle le frappe en retour. Après un temps de silence, Laëtitia avait déclaré : « Ton père est un génie. »

Dix minutes avant l'accident, le petit Josh a dit qu'il avait mal au cœur. J'ai ouvert la fenêtre pour faire entrer de l'air. Au même moment, Laëtitia a déclaré qu'elle n'utiliserait plus la baignoire de sa salle de bains. Désormais elle se nettoierait avec la langue, *comme les chattes et les lionnes*. J'ai regardé dans mon rétroviseur : à pleine langue lente et luisante, Laëtitia léchait le dessus de la main de Clovis, qui la laissait faire, avec une grimace d'écœurement ravi.

Il faut revenir en arrière. Un an avant, il y a eu un avertissement, une répétition. J'avais organisé une sortie à New York avec un groupe d'élèves. C'est arrivé au croisement de la 81e Rue et de Columbus Avenue, à environ deux cents mètres de Central Park où nous allions écouter *Rhapsody in Blue* de George Gershwin. Je revois la scène avec une telle précision que je me demande si je ne l'ai pas inventée, à force d'essayer de l'extraire de ma mémoire et de la découper en fines tranches de couleurs et de sons. Nous étions cinq adultes. Chacun d'entre nous veillait sur quatre enfants. Je fermais la marche dans mon gilet de sécurité orange fluorescent. Nous venions de traverser Columbus Avenue quand j'ai ressenti une tension dans mon champ de vision. J'ai embrassé d'un coup d'œil mon petit groupe, *mes quatre.* Ils étaient trois. Je me suis retournée et j'ai vu Olivier, de l'autre côté de la chaussée, s'engager en courant sur le passage piéton. Son blouson rouge et le taxi jaune.

Il tombe devant le capot comme une poupée de

chiffon, sans bruit. Ma première pensée, qui est une brûlure plus qu'une pensée : ses parents. Devoir le dire à ses parents. Décharge d'horreur électrique sous la voûte du crâne. Mais Olivier se relève. Il ne saigne pas, il n'a rien, même pas l'air choqué. Il me montre les paumes de ses mains avec un sourire entre deux eaux, l'air de dire : *M'engueulez pas ! Regardez, j'ai rien !* Le chauffeur sort de son taxi et vient vers moi, les lèvres noires comme un bec. Des nervures sanguines dans le blanc des yeux. Mes oreilles vibrent de mouches et dans le bourdonnement j'entends : *J'ai failli le tuer ! Je suis père de trois enfants, nom de Dieu ! Vous servez à quoi avec votre truc fluo ! Vous avez quoi dans la tête ? Je vous parle, madame ! Y a quelqu'un dans cette tête ? Je vous parle !* Il hurle. Il a le doigt si près de mon visage. Des gens s'approchent, je ne les vois pas, je les sens, ils aspirent tout l'air respirable, ils battent des ailes, ils viennent pour écouter l'histoire, pour l'excitation. La peur me paralyse. J'entends la voix du chauffeur mais ses paroles n'ont plus aucun sens, ce sont des lignes de crête, de granit et de glace. Je le vois qui s'en va, et rentre dans son taxi ; la portière claque. L'institutrice des CM2 qui m'accompagne et qui ne m'a jamais aimée décrira la scène en détail à M. Wolcott, le directeur de l'école. Elle dira *elle* pour parler de moi. *Elle* est restée plantée sur le trottoir sans rien dire. *Elle* n'a pas présenté ses excuses au chauffeur de taxi. *Elle* a gardé son petit air supérieur. *Elle* n'est même pas allée réconforter Olivier et rassurer les élèves.

Elle, alors que je suis là, à côté d'eux, désemparée.

L'institutrice dira que j'ai fait une *crise d'hystérie* en pleine rue, devant les enfants et les parents qui nous accompagnaient. Est-ce qu'elle avait raison, d'un point de vue médical ? Est-ce que j'ai fait ça, une crise d'hystérie ? En tout cas j'ai tapé avec les poings un panneau triangulaire qui signalait des travaux, comme si j'étais poursuivie et que je devais coûte que coûte forcer l'ouverture d'une porte. Je me suis brisé un os au bord de la main et plus tard j'ai vu sur ma peau une tache violette à cœur noir. Les gens se sont écartés, tout en restant là, en cercle mort, en grande auréole. Un homme m'a pris les poignets. C'était David, le père de Laëtitia-la-Rousse, la CE2 qui montait dans mon van tous les jeudis et vendredis matin. J'ai lancé mon front dans sa poitrine, j'ai chargé comme un taureau. David a passé ses bras autour de moi pour me contenir. J'ai failli entrer sous la cage de ses côtes. C'est à cet instant que j'ai su que quelque chose nous arriverait. Un jour, lui et moi, nous serions corps à corps, obligés de nous battre comme ces lutteurs en compétition qui rêvent peut-être de s'endormir dans les bras l'un de l'autre mais n'en ont pas le droit, parce que les règles du jeu ont sacrifié toute tendresse, tout repos, tout espoir.

Je me souviens des élèves assis dans l'herbe, un peu plus tard dans l'après-midi, sur la pelouse en pente de Central Park. Olivier à genoux. Son blouson rouge vif. Il mordait dans son sandwich et rien ne le différenciait des autres enfants. Il essuyait avec les doigts la mayonnaise sur son menton. Il semblait intact. Pourtant je ne pouvais pas m'empêcher de penser que c'était une illusion. Qu'il n'était plus de ce monde. La voix d'oiseau-clarinette qui ouvre *Rhapsody in Blue* a retenti, ce long *glissando* périlleux qui semble éviter les obstacles, se faufiler, agile et tête brûlée, entre les dangers de la ville.

J'ai revu David à la fête de l'école, deux mois après le concert à Central Park. Il portait, au mois de juin, un pull tricoté couvert d'animaux marins armés d'une lance. Il se tenait à l'écart avec un livre et un sourire tranquille, assis sur le coin d'une nappe en papier. Régulièrement, une mère ou un père venait le déranger. Il levait les yeux, répondait vite à la question qu'on lui posait, et retournait à sa lecture. Sa femme a fini par se poster devant lui. Elle lui a pris son livre des mains et lui a montré d'un doigt raide les ruches de parents qui conversaient, les enfants saouls de bonheur, déguisés, rugissant devant la parade des gâteaux à quatre étages, leurs visages maquillés, tigres et papillons, l'alignement des stands en bois qui ressemblaient à des échoppes médiévales, le vrai camion de pompiers rouge et or au milieu de la fête, sa grande échelle dressée, le bleu percé du ciel, la file des petites têtes levées, attendant leur tour. On devinait facilement ce que la femme de David lui reprochait. Il n'a rien voulu savoir, il est resté à sa place. Il était assis là comme dans un jardin public, un hall de gare : il lisait sans se sentir obligé de rien.

À la fin de l'après-midi, la mère de Clovis, en smoking blanc, très sûre de sa beauté, lui a tendu un verre de jus de fruits qu'il a posé à côté de lui, sur la nappe en papier, et il n'y a plus touché. Elle lui a longuement parlé. Il répondait par hochements de tête et baissait par moments les yeux pour lire quelques mots. Le smoking blanc a fini par s'éloigner, fluide, hautain, et c'est là qu'on s'est regardés, droit dans les yeux, comme si l'heure avait sonné. Le torrent de la fête coulait entre nous, un long dragon à bosses, des diadèmes, des cris de poursuite. Tout bougeait et nous ne bougions pas. Je le regardais qui me regardait. Je sentais le gong du sang dans ma poitrine, sa pulsation douloureuse. Je suis sûre que David n'avait parlé à personne de ce qui nous était arrivé, deux mois plus tôt, sur le trottoir en travaux de Columbus Avenue. Notre étreinte bizarre et tout ce qu'elle charriait d'épuisement et de cœur manquant. Des femmes discutaient près de moi, devant le stand de tir à la carabine.« Nous les protégeons trop ! » Nous, c'étaient les femmes entières, les mères. Nous, ça n'était pas moi. Elles poussaient sur leurs voix pour s'entendre malgré les coups de carabine. « Je n'ai pas souvenir qu'on nous traitait comme des verres en cristal… Par exemple, la ceinture. Est-ce qu'on nous mettait des ceintures dans la voiture ? Jamais de la vie ! On n'en est pas morts ! Maintenant on élève les enfants dans du coton… On va en faire des petites choses fragiles. Ils ne sont pas partis à l'école depuis cinq minutes qu'on imagine le pire... Dès qu'il tombe un flocon : écharpe ! moufles ! cagoule ! Complètement ridicule... Et l'été, c'est pire ! Crème solaire de la tête aux pieds ! Est-ce que nos parents nous mettaient de la crème solaire ? Jamais ! On a attrapé des coups de soleil et qu'est-ce que ça peut faire ? Vous avez remarqué qu'on ne laisse plus les enfants jouer avec les chiens ? Quand j'étais petite, on jouait toujours avec les chiens. D'ailleurs je me suis fait mordre... Cette cicatrice rose... Un fox-terrier ! Et cette manie de leur répéter toute la sainte journée : "Fais attention, tu vas te faire mal ! Fais attention !" Quel intérêt ? Si un malheur doit arriver, il n'y aura rien à faire. »

Une mère raconte qu'elle a vu un enfant de dix-huit mois (car une mère sait différencier un enfant de dix-huit mois d'un enfant de deux ans ; aptitude qui me paraît aussi extraordinaire que de savoir, d'un seul coup d'œil, donner l'âge d'un lapin) marcher dans le centre de Zion Heights avec un casque de boxeur, pour amortir le choc en cas de chute. Les autres mères éclatent de rire, sauf une, dont je vois de profil le cillement anxieux des paupières et les muscles autour des mâchoires qui grouillent sous le fond de teint. Les pommettes rose vif, elle se lance, elle dit qu'elle a fait la même chose avec ses trois enfants – casques, protège-coudes, protège-genoux – et que ni Lucie ni Julien ni Carole n'ont eu une bosse, une croûte ou un point de suture. « Génial ! » s'exclame la mère qui a raconté l'histoire de l'enfant au casque de boxeur et qui caresse d'une main de propriétaire son ventre souverain de grossesse.

Les nuits suivantes, j'ai rêvé de David. Il arrivait à une vitesse vertigineuse du ciel bleu roi de Manhattan et se posait en équilibre sur le panneau triangulaire de Columbus Avenue, sans secousse, en pliant souplement les jambes. J'étais pieds nus et gênée que les élèves en rang par deux voient mes ongles d'orteils peints en rouge. Laëtitia dépassait d'une tête. Sur le côté, il y avait l'institutrice de CM2, toute petite, le visage comme un pied de vigne en nœuds de rancœur. Elle répétait : « Regardez-moi ça, les enfants ! Elle est vautrée contre lui ! Regardez, elle se tortille comme un ver coupé ! Ne regardez pas ! »

Le rêve avait bonne mémoire. Il se souvenait de tout. Même du parfum de David : odeur douceâtre et excitante de la colle blanche à l'amande de mon enfance (qu'on étalait avec un bâtonnet et qui formait des grumeaux qu'on écrasait sous le doigt, délicieusement, à travers le papier.) Le rêve n'était pas pressé. Je respirais longtemps l'amande sur la peau de David, sur la pomme d'Adam. J'enlaçais son pull tricoté, envahi de narvals, ces licornes sous-marines. Plus l'étreinte se resserrait, plus le corps de David rétrécissait entre mes bras qui se repliaient sur moi, et j'étais seule, allongée, je devinais les lignes familières des meubles de ma chambre, je fermais les yeux en espérant duper quelqu'un, j'essayais de me laisser prendre, repartir dans le rêve, mais il n'y a jamais de trappe de ce côté-là pour traverser le monde.

Le spectacle de mes élèves avait toujours lieu le mercredi qui suivait la fête de l'école. L'année précédente, *Sa Majesté des Mouches* avait effrayé toute la salle. Alors cette fois j'avais choisi une comédie musicale légère et géniale : le grand classique *Chantons sous la pluie*. Pendant des mois, les enfants avaient appris à faire tourner sur leur front, à la vitesse d'une toupie, des ombrelles géantes, fabriquées sur le modèle de celles, en bois d'allumette et papier coloré, qu'on plante dans les boules de glaces. À la fin du spectacle, les familles se pressaient autour de moi. Des bulles de syllabes éclataient dans l'air.

Fé

e

rique !

Fa

bu

leux !

D'où

ça

sort ?

De

votre

tête ?

Et la pluie d'or ? Comment vous avez fait,
Jézu, pour faire pleuvoir de l'or ?

Je répondais par des *mercis* et des *je ne sais pas* distraits, je me hissais sur la pointe des pieds pour voir au loin : David n'était pas dans la salle. Comme tous les expatriés, il rentrerait en France pour les vacances d'été. Il ne me restait plus que le rêve au parfum de colle. Je rêvais de rêver, mais le rêve me fuyait. J'essayais de l'appâter avec des images, je reconstituais le décor, les arbres de Central Park au loin, Columbus Avenue, le panneau triangulaire des travaux, les personnages principaux, les figurants, le blouson rouge, le taxi jaune, je me repassais la scène en boucle avant de m'endormir. Ça ne marchait pas. David ne venait plus du bleu du ciel m'étouffer dans ses bras. Un nouveau rêve a remplacé mon rêve et il a duré tout l'été. Une salle de concert comble, somptueuse. Je m'apprête à donner un récital de piano. Les spectateurs ont des visages enragés. J'en vois qui prennent des notes nerveuses sur des calepins. Je sens qu'ils détestent ma façon de jouer, alors que je n'ai pas commencé. Les manches de ma robe de gala sont cousues de breloques qui aux premières notes de la sonate se mettent à tinter. Bien qu'il n'y ait pas d'orchestre, il y a un chef en queue-de-pie, baguette braquée sur moi. On dirait qu'il me tient en joue. Il approche de mes yeux les chenilles velues de ses sourcils : « Jézu ! Ne gesticulez pas de la sorte, on n'entend que votre robe ! » J'essaie de faire le moins de mouvements possible, ce qui est très difficile avec les cascades d'arpèges qui dévalent la partition. Les narines du chef s'ouvrent comme des gueules : « Tant pis, Jézu, ça fait trop de bruit ! Enlevez la robe ! » Je porte sous ma robe une de ces hautes culottes ridées que je réserve pour certains jours, parce que je peux les tacher sans regrets. Tout en jouant, je dis quelques mots au chef, mais la musique couvre ma voix. La verroterie de mes manches sonne à pleines cloches. « Ça suffit, Jézu ! Enlevez la robe, j'ai dit ! » Mes doigts se durcissent, les notes sonnent comme de la vaisselle brisée, et dans un grand silence de glace je crie : « J'ai mes règles ! » Aussi loin que je me souvienne, j'ai toujours fait des rêves où la honte avait le premier rôle.

C'était la fin du mois d'août. David était sûrement rentré de vacances. Je devais lui parler, et pour y arriver, il fallait que je sois légèrement inconsciente. Un peu saoule. La dernière fois que j'avais bu de l'alcool, c'était dans une autre vie et un pull d'étudiante jaune moutarde, moulant comme un gant, à Paris, quelques verres sans plaisir pour faire comme les autres, me mêler à la pâte de leur humeur, à leurs giclées de gaieté qui me faisaient sursauter à la table du café. *On t'a réveillée, Jézu ? Tu étais sur ta planète ?* Les rires me crachaient dessus. Je buvais une gorgée pour éteindre la braise sur mes joues. L'haleine amère de la bière me donnait la nausée.

Comment s'y prendre pour se saouler ? Combien faut-il de secondes pour que l'alcool agisse et que je me transforme en créature molle et frôleuse ? En fille hardie. Est-ce que ça dépend de la buveuse ? De son imagination ? De sa soif ? Et si les règles rouges de l'âme se mettaient à fuir de mes lèvres sans que je puisse les retenir ?

Je suis allée au *liquor store* où un vieil homme maigre à barbe blanche m'a demandé *quel breuvage à la gloire de Dieu me ferait plaisir.* Il portait une salopette d'épouvantail. Il lui manquait juste un corbeau sur la tête. Je voulais simplement de l'alcool, n'importe lequel, peu importent son nom et son goût, pourvu que ça fonctionne et saoule avec modération. Mais le vieux me perçait de ses yeux d'eau glacée ; il attendait de moi une réponse précise. *Qu'est-ce que tu veux ?* C'était la question reine de ma mère, toute mon enfance. *Qu'est-ce que tu veux*, avec cette expression de férocité heureuse qui voit derrière le masque de votre visage et qui jubile, parce que, justement, vous ne savez pas ce que vous voulez. Monsieur le vendeur d'alcool, Grand-père, vous qui avez l'air d'avoir vécu (mon Dieu, mais jusqu'à quel âge peut-on travailler dans ce pays ?), vous me demandez ce que je veux. C'est simple à mourir. Je veux passer un coup de téléphone. À un homme qui m'a enlacée sur un trottoir, à Manhattan, au croisement de la 81e Rue et de Columbus Avenue, pendant que la ville se faisait arracher des lambeaux de goudron, des panneaux de travaux, des portières de taxis jaunes, qui tournoyaient dans les airs, et l'homme me faisait valser, nos pieds ne touchaient plus terre, nous volions dans le cou céleste du cyclone, comme les fiancés vert et bleu de Chagall.

J'ai dit au vieux vendeur : « Je voudrais du rhum. Un petit flacon. » J'étais contente de cette trouvaille. On aurait dit une mère de famille qui achète un ingrédient pour une recette de gâteau.

Les sonneries se perdaient dans le vide. J'en ai compté huit et j'allais raccrocher quand j'ai entendu la voix vive et forte : « Bonjour ! Vous êtes bien dans la maison de Solène, David et Laëtitia Passereau ! Qui est à l'appareil ? » J'admire ces enfants qui savent répondre au téléphone. Qui n'ont pas peur des adultes, savent leur plaire et les intimider. Je devais avoir dix ans. Une amie de ma mère m'avait posé une question et j'étais restée silencieuse. Ma mère avait eu un sourire et une ombre sur le front qui annonçaient le pire. Dès qu'on s'était retrouvées seules, elle avait dit de cette voix douce, plus effrayante que celle qui gronde : « Qu'est-ce qui t'a pris de ne pas lui répondre ? Elle t'a demandé si tu voulais être pianiste plus tard. C'est une question très simple. Tu veux être pianiste, n'est-ce pas ? Alors quand on te pose la question, tu réponds. Tu ne regardes pas tes pieds comme l'idiote du village. » Peut-être que toutes les mères, dans un moment d'irritation, disent ce genre de phrases. Seulement chez la mienne il y avait, sous l'agacement banal, une violence qui me faisait vaciller et me condamnait à la maladresse. Mes doigts étaient habiles sur les touches du piano ; partout ailleurs ils trébuchaient. Je redoutais sans cesse de faire tomber les objets, un crayon, un savon, ma fourchette. Ma peur précipitait à la fois leur chute et le soupir de ma mère, terrible expiration de fureur silencieuse. J'avais comme Laëtitia de magnifiques cheveux roux que j'aimais brosser, tresser, couvrir de chapeaux improvisés et contempler dans les miroirs. « Si tu passais autant de temps à travailler ton piano, disait ma mère, tu serais déjà une musicienne digne de ce nom. » Un dimanche, j'avais dépassé les bornes. J'avais dorloté mes cheveux toute la journée sans toucher mon clavier. Ma mère avait dit, de sa fameuse voix douce et double : « Tu as bien profité de tes cheveux. » J'ai eu très peur que sa colère explose, qu'une punition tombe, injuste et étrange comme ma mère. Mais les minutes, les heures ont passé et rien n'arrivait. Je la guettais, ma mère gracieuse, en robe étranglée à la taille, si précise dans ses gestes, qui vaquait à ses occupations et semblait m'avoir complètement oubliée. Le lendemain, à mon réveil, sans comprendre ce que je voyais, je les ai vus. Au pied de mon lit, à côté de la lampe de chevet, mes longs cheveux, soigneusement étalés comme un napperon. Le sentiment d'horreur en effleurant du bout des doigts ma tête. La calme amputation.

J'ai dit mon nom et la voix rousse s'est emballée : « Ah c'est vous, Jézu ! Vous passez un bon dimanche ? Si vous voulez parler à ma mère, c'est raté, elle est partie acheter un vélo pour mon père… Faut pas le dire, c'est une surprise. Pour faire des promenades le week-end… Le problème, c'est que mon père déteste le vélo et les promenades. L'année dernière ma mère a fait une autre surprise à mon père, c'étaient des cours de tango. Vous connaissez le tango, Jézu ? C'est la danse où les danseurs sont fâchés. Mon père a dit : Non !

J'irai pas faire ton tango, j'ai aucune envie de danser ! J'ai pas… » Le débit torrentiel s'est interrompu et la voix de David était là, si réelle dans mon oreille. L'alcool a libéré d'un coup toutes ses forces. J'ai lancé :

— Il *faut* que je vous voie.

— C'est au sujet de Laëtitia ?

— Non, c'est au sujet de nous.

Il a dit « Allons bon » et rien d'autre. Le plus comique et le plus démodé des *Allons bon*. Je plains beaucoup les femmes qui n'aiment que les mots d'amour. Qui ne savent pas se blottir dans une petite phrase gênée et mystérieuse.

David avait demandé : « C'est au sujet de Laëtitia ? »
J'avais dit : « Non, c'est au sujet de nous. »
La bouche engourdie de rhum.
David avait dit : « Allons bon. »
Je l'ai déjà raconté, je sais. Et je le raconterai encore, parce que je voudrais me souvenir de cette époque. Je voudrais me rappeler à quoi ressemble la vie quand on ne se réveille pas dans le noir, les tempes sucées par des ventouses d'effroi.
Je voudrais passer une journée, une seule, dans le paradis du passé.

Après le succès de *Chantons sous la pluie*, le directeur m'a suggéré de monter *la même chose* l'année suivante.

— La même chose ?

— La même recette, si vous préférez. Une comédie musicale entraînante, à l'américaine ! Qui donne envie de taper dans les mains…

M. Wolcott s'est mis à applaudir au milieu de son bureau. Même avec les yeux je n'ai pas répondu.

— Et si je peux être tout à fait franc avec vous, madame Hopkins, les familles trouvent souvent vos spectacles un peu bizarres. Pour ne pas dire malsains. J'ai eu des remarques.

Puis il s'est exclamé : « *Mary Poppins* ! » comme s'il venait d'y penser. « Je ne veux rien vous imposer, mais *Mary Poppins*, ça serait impeccable. » J'ai dit que j'allais y réfléchir. Il a raclé sa gorge, d'une façon dégoûtante, trois fois, en donnant des coups de tête vers l'avant.

— J'ai avalé un moucheron.

En sortant de son bureau, mes ongles cisaillaient les paumes de mes poings serrés. Je suis restée longtemps sur le parking de l'école, assise dans mon van, au pied du haut drapeau américain que j'entendais claquer dans le vent. J'ai attendu que ma respiration se calme. J'ai roulé lentement le long de la façade en brique de l'école et de la chapelle attenante, avec sa rosace moderne où brille un arbre couvert de pommes carrées et couronné de mots translucides : *Ainsi furent achevés les cieux et la terre, et toute leur armée.* Au fond de la ruelle, derrière la chapelle, j'ai vu un adolescent et je ne l'ai vu qu'un instant. Il tenait en laisse trois chiens à longues pattes qui aboyaient à la mort. Épaules en arrière, il luttait pour ne pas être emporté. De là où j'étais, on ne distinguait au bout de la laisse qu'un seul corps de bête d'où partaient trois têtes, à la façon du chien des Enfers. Le vent soufflait fort. On a cogné à ma fenêtre : c'était une femme avec un masque de lion. J'ai baissé ma vitre pour attraper le dépliant qu'elle me tendait. Je lui ai souhaité une bonne journée – *have a nice day.* Le lion m'a dit quelque chose que je n'ai pas compris. Il avait la voix nasale et sous-marine des gens sourds. Les dépliants se sont envolés. Plusieurs sont venus se coller à mon pare-brise : c'étaient des pubs pour le zoo du Bronx. J'ai glissé le dépliant à côté de la boîte de vitesses et j'ai redémarré. C'est à cet instant que l'idée m'est venue. Ce serait *L'Enfer,* et pas *Mary Poppins.* Les trente-quatre chants de *L'Enfer* de Dante. J'ai roulé sans voir que je croisais des voitures. Je dessinais en pensée les croquis que je ferais en arrivant chez moi. J'imaginais des décors qui défiaient les lois de la physique : un entonnoir monumental en plexiglas renfermant la spirale des cercles de l'enfer. Les élèves, les damnés, arriveraient par la herse au-dessus de la scène. Ils marcheraient en file indienne sur la passerelle en hélice, jusqu'à la pointe de l'entonnoir, d'où ils tomberaient un par un au centre du plateau. Chacun porterait un masque avec les traces de ses péchés : il y aurait les hypocrites, les voleurs, les traîtres, les faux prophètes, les devins, les sorciers, les alchimistes…

Le 1er septembre 1985, veille de la rentrée des classes, David m'a appelée : « Voulez-vous d'un nouvel élève, mauvais mais passionné ? » Il a dit que le piano avait été son grand amour d'enfance. Il ne se pardonnait pas d'avoir tout arrêté. « J'ai quarante ans, l'âge des regrets. » Il me parlait avec une politesse un peu mondaine, comme si on ne s'était jamais ni empoignés sur un trottoir de Manhattan, ni regardés pendant d'immenses minutes immobiles le jour de la fête de l'école. Il a demandé le prix de l'heure de cours et s'il devait régler le trimestre par avance.

À dix heures, le samedi suivant, il s'est assis à mon piano. Il sentait l'amande, la colle blanche des écoliers. J'ai dit : « Allez-y. Je vous écoute. » Les adultes qui s'asseyaient sur ce tabouret m'expliquaient toujours qu'ils n'avaient pas touché un piano depuis des décennies, qu'ils avaient beaucoup perdu, tout perdu. Qu'à l'âge de quinze ans ils jouaient sans partition des concertos de Rachmaninov. Ils s'inventaient un âge d'or. Seulement j'entends à travers le temps. Je vois sous la rouille des mains. Je lis entre les notes. S'ils n'ont jamais su jouer, je le sais. David n'a rien dit. À voir la position que prenaient ses doigts au-dessus du clavier, j'ai deviné qu'il allait jouer un impromptu de Schubert, et je savais lequel. Je crois que je l'ai su au moment où il est entré chez moi et où mon regard s'est posé sur ses mains comme sur une lettre attendue à la folie. Sa première note n'a rien eu d'une première note : elle s'est fondue dans un air qui était déjà là, autour de nous. Le jeu de David était entrecoupé de courtes décharges de silence. Dans les passages difficiles, il ne broyait pas la mélodie dans la vitesse, comme le faisaient mes autres élèves et peut-être tous les élèves au monde : il ralentissait le tempo et tournait délicatement son visage. Pas de mon côté ; de l'autre. Il tendait l'oreille vers le piano. Il cherchait à entendre une voix faible et familière au milieu des autres voix. Quand il faisait une fausse note, ses doigts n'avaient pas de hoquet d'irritation ou de malaise.

Soudain, il s'est arrêté de jouer.

— Je n'ai jamais appris la dernière partie.

— Allons-y. Commençons par la fin.

La leçon de David précédait chaque samedi celle de Clovis qui soupirait *je suis nul* dès que je lui demandais de détendre les épaules ou de piquer plus nettement un *staccato.* Clovis était le plus tourmenté de mes élèves. Le seul qui s'offrait à la musique sans retenue et qui attendait d'elle une réponse et un choc. Il arrivait avec trois quarts d'heure d'avance. Il assistait à la leçon de David sans lui demander son avis. Ma chaise était à droite du tabouret de piano, un peu en retrait. Je tournais la tête au ralenti, comme on entrouvre une porte, pour épier le profil de David.

— Je ne sais même pas ce que vous faites, David, dans la vie.

— J'invite des animaux à des funérailles. Des chevaux, des chameaux, des aigles, des éléphants. Toute l'arche de Noé.

Je n'ai pas compris ce qu'il voulait dire. Il avait toujours un demi-sourire triste et narquois. Je n'ai rien demandé de plus. D'ailleurs, David et moi ne parlions pas de ce qui existait en dehors de cette pièce où mon piano à queue occupait la moitié de l'espace. Pas même de Laëtitia, sa drôle de fille rousse que j'accompagnais à l'école deux fois par semaine.

Quand Clovis débarquait dans le salon, il grimpait sur l'escabeau que j'avais laissé dans un coin, dans l'espoir de finir un jour mes travaux de peinture. (J'avais peint la moitié d'un mur, avant de réaliser que ce *bleu de Prusse* plongeait la pièce dans le noir.) Du haut de son perchoir, Clovis soupirait d'impatience. Il avait huit ans et un air de sévérité butée. À la manière d'un maître-nageur, il croisait les bras haut sur sa poitrine et surveillait le moindre de nos gestes.

À la fin de sa leçon, David me disait merci en m'appelant Sarah – ce prénom dont on m'avait privée dès l'enfance. Rien ne différenciait une leçon d'une autre leçon, même si j'ai le souvenir clair de plusieurs moments qu'on pourrait peut-être appeler des moments d'amour. Il y a d'abord eu le jour au milieu de l'hiver où David m'a apporté un livre. Je l'ai posé sous le piano. Le cours s'est déroulé normalement, sans qu'on fasse allusion au volume à couverture brune qui irradiait de chaleur à mes pieds. Après le départ de David, j'ai tourné les premières pages, sous le regard réprobateur de Clovis. J'ai cherché en vain quelques mots écrits de sa main. Il ne m'avait même pas offert son exemplaire personnel : le dos était lisse et intact, le livre était neuf. D'ailleurs, je ne savais pas si David me l'avait vraiment offert.

Il l'avait simplement posé devant moi, sur le clavier, en disant *neuf quatre-vingt-dix-neuf*, comme pour s'excuser d'avoir laissé l'étiquette avec le prix. Même les chiffres, dans sa bouche, avaient ce ton d'ironie mélancolique qui n'appartenait qu'à lui.

Quand j'ai raccompagné Clovis à la porte, après sa leçon, il m'a dit : « Moi, je serai jamais amoureux. » Je me suis assise au piano. J'ai commencé ma lecture. C'était le journal de bord d'un jeune chef de chantier nommé Bruce Westermann. En annexe, il y avait des dizaines de fac-similés : feuilles de présence des ouvriers, graphiques de relevés de température, coupures de presse, bons de commande de nourriture, d'engins, d'outils et de matériaux, et une série de photos en noir et blanc, montrant la route à différentes étapes de la construction. Sur l'un des clichés, assez flou, les ouvriers dansaient avec des Mexicaines sous des guirlandes de lampions. Quelques hommes dansaient entre eux, deux par deux. Il se dégageait de la photo une douceur de paradis perdu. J'avançais dans ma lecture avec une avidité médusée, sans savoir dans quelle position j'étais assise, sans penser à me nourrir, sans voir que la lumière avait baissé et qu'il aurait fallu allumer la lampe depuis longtemps, la nuit était tombée. Je voyais des signes partout, des allusions évidentes. Chaque phrase avait un double sens que je comprenais instinctivement. Tout semblait m'être adressé. La voix basse de Bruce Westermann. Le choix d'expressions enfantines que ma mère utilisait quand j'étais petite. Et même les chiffres dans les tableaux tracés à la règle. La forme des 6, qui n'étaient pas fermés et ressemblaient à une coquille d'escargot, m'était inexplicablement familière. Bruce Westermann avait consigné le nombre de journées de travail et le salaire dû à chaque homme. Je refaisais les calculs dans la marge. Il n'y avait jamais aucune erreur et j'en éprouvais une extraordinaire satisfaction. Je soulignais des phrases, sans aucune hésitation. Quelque chose guidait ma main. Parfois je savais par avance ce que j'allais lire, mot pour mot, en tournant une page. Le 7 mai 1913, après le passage d'un cyclone qui avait saccagé le chantier, Bruce écrivait dans son journal : « Il y a les journées calmes (je prie Dieu pour qu'il y en ait autant que les étoiles dans le ciel) et il y a les journées où le diable s'en mêle. Hier le diable s'en est mêlé. Le soleil n'est même pas levé et vous savez que c'est déjà là. C'est dans la poussière. Vous savez que ça va être une de ces journées-là. La catastrophe va venir du Ciel et de la Terre, et vous ne pouvez rien y faire. Vous regardez votre chantier et vous vous dites que vous n'en viendrez jamais à bout, parce que c'est tout bonnement impossible. Vous n'êtes pas de taille. Vous avez envie de pleurer comme un misérable. Mais allez savoir pourquoi, vous vous reprenez. Vous vous dites : Bruce, ce qui doit être construit finit par être construit. Ça n'a aucun rapport avec ce qu'on voit ou avec la force qu'on a. Dieu y pourvoit. »

Un samedi matin, David a regardé au-dessus de la partition, à travers le mur à moitié bleu.

— Sarah, dites-moi quelque chose…

Il allait me poser une question. J'ai même entendu le grain de respiration qu'on avale juste avant de reprendre la parole. Il est resté silencieux. *Sarah, dites-moi quelque chose.*

Quand on raconte des moments qui ne se racontent pas, on a l'air de mentir. Notre histoire était pourtant vraie. Même calmes et sages, je jure que nous étions pleins de désordre et d'amour.

Une autre fois, un autre samedi, David a dit : « Regardons le métronome. » Ça n'était pas un de ces beaux métronomes pyramidaux en bois verni, avec le gracieux balancier métallique. C'était un simple boîtier en plastique, de la taille d'un paquet de cigarettes. On tournait le gros bouton central pour choisir le tempo, de *largo* à *prestissimo*. Ma mère aurait pensé : voilà deux empotés. Et c'est ce que nous étions, assis côte à côte, à écouter le toc toc toc débile et sexuel de la petite machine, dans le parfum d'amande et de colle blanche sucrée. David marquait le tempo du bout du pied. D'un mouvement de la main, je lui ai dit d'arrêter. Nos corps ruisselaient d'immobilité.

Un accident est un problème de tempo. Un décalage. Il aurait suffi d'un battement supplémentaire de métronome pour que nos vies soient sauvées.

Le samedi, avant l'arrivée de David, je me parfumais, je couvrais de vernis rose la tache noire sur l'ongle de mon orteil abîmé, je faisais glisser un rasoir le long de mes mollets blancs de mousse et j'enfilais le seul de mes soutiens-gorge qui se souciait un peu de ma beauté. Et puis un jour, j'ai mis fin à ce cirque. J'ai pensé : il ne faut surtout pas. Entre nous, si ça commence, c'est fini.

J'avais ouvert la fenêtre. Il y avait cette odeur pure et froide de mars. On entendait la neige courir en ruisseaux vers les plaques d'égout. David reprenait en boucle une mesure, en jouant un *mi* bémol qui n'était pas sur la partition. Il écrasait les touches comme un enfant excédé, exactement comme le faisait Clovis quand un passage lui résistait. La fausse note revenait avec une régularité horripilante, un aboiement de chien. Je disais doucement à David : « S'il vous plaît, arrêtez. » J'étais envahie par un sentiment de tristesse et d'impuissance. Il a recommencé cinquante fois, cent fois. Alors j'ai écrasé sa main sur le clavier. Clovis est descendu de son escabeau. Il s'est approché de nous et nous a regardés, de ses grands yeux jaloux. David a dit qu'il allait *faire une pause pendant quelque temps*. Les mains sur les hanches, Clovis a demandé : « Et on peut savoir combien de temps ? »

Le samedi suivant, David n'est pas venu. Celui d'après non plus. J'avais attrapé un de ces virus sans nom qui naissent avec le changement de saison. Je n'avais pas de symptômes particuliers, à part une envie irrépressible et pâteuse de m'étendre et de dormir. J'avais aussi d'étranges moments d'absence. Je me retrouvais devant un placard ouvert sans savoir pourquoi. J'avais à la main une paire de ciseaux et je cherchais en vain autour de moi ce que j'avais eu l'intention de découper. Une nuit, je suis sortie de ma chambre et j'ai couru comme si j'avais entendu frapper à la porte d'entrée. J'ai allumé la lumière du salon. Le piano, l'escabeau, les partitions sur la table. Tout était en ordre et immobile, mais immobile comme le seraient des enfants qui jouent à *Un, deux, trois, soleil*, qui couraient encore l'instant d'avant, quand vous aviez le dos tourné. J'ai essayé de me rappeler pourquoi j'étais là. J'ai regardé le mur à moitié peint : le bleu était absolument noir. Je suis retournée dans ma chambre et je me suis endormie comme on s'évanouit. J'ai fait des rêves de valises. Valise qu'on remplit à toute vitesse, qui ferme mal, qu'on emporte en courant, qui s'ouvre et se vide sur le quai alors que le train va partir. La foule des voyageurs en manteaux piétine vos draps blancs et votre pique-nique en vous ordonnant de ne pas bloquer le passage. La trace des semelles sales sur le linge, les sandwichs écrasés qu'on ne pourra plus donner aux enfants dans le train, quand ils auront faim. Et d'ailleurs où sont-ils passés, les enfants ? Ils ne sont plus là. Il n'y a plus personne. Il n'y a plus de train. Il n'y a plus de gare.

Le lendemain, j'ai conduit mon van jusqu'à la partie

haute de la ville, d'où l'on voit le lac et les cabanes de pêcheurs de toutes les couleurs. Devant chaque cabane, un ponton marche sur l'eau et y plonge en pente douce : c'est de ces rampes que s'élancent les canoës qu'on voit passer au loin. Qui étaient ces couples de rameurs ? Des amants, des sœurs jumelles, des collègues de travail de bonne humeur et en bonne santé. De là où j'étais, je voyais seulement les silhouettes sans visage, le mouvement régulier des dos qui oscillaient d'avant en arrière. J'avais hâte de dire ce que j'avais à dire. C'étaient des faits irréfutables, des exemples précis. Je m'entraînais, je parlais dans mon van, mes phrases sortaient par salves. J'avais le sentiment d'y voir très clair. En me regardant dans le rétroviseur, j'ai remarqué que mes lèvres n'avaient plus de couleur, elles se confondaient avec la peau pâle autour de la bouche. Je me suis demandé si David et sa femme Solène possédaient une de ces cabanes hors de prix. Est-ce que Solène avait offert à David un canoë qui dormait dans une cabane rouge écarlate et n'en sortait jamais ? Est-ce qu'il l'avait déjà déshabillée dans la cabane ? Et une fois nue ? Je n'avais plus qu'à sortir du van pour parcourir les quinze ou vingt mètres qui me séparaient de la maison. *Solène, je suis venue parce que je dois vous parler d'une chose importante. Non, non, pas de Laëtitia. Depuis quelques mois, David et moi. C'est difficile à dire. Pardon. On ne peut plus fermer les yeux. Je ne veux pas vous faire de mal. Entre David et moi, il n'y a pas que les leçons de piano. Vous le saviez déjà ? Vous l'aviez senti ? Main-*

tenant nous voilà tous les trois embarqués dans cette histoire. Nous ne pouvons rien effacer. Je portais une casquette et des lunettes de soleil. Je ne sais pas combien de temps je suis restée dans le van, le dos raide de fièvre, à marmonner des répliques, en observant le jardin et la maison de Solène, David et Laëtitia Passereau. Mais d'un instant à l'autre, le jardin et la maison ont changé d'apparence, je tremblais de honte. Qu'est-ce que j'aurais pu dire à cette femme ? À cette épouse ? Que David avait dépensé 9,99 dollars pour m'offrir le journal de bord d'un chef de chantier ? Que nous avions écouté patiemment le battement d'un métronome, sans bouger ? Que nous étions amoureux, je crois ?

Je suis rentrée chez moi, j'ai dormi toute la journée, toute la nuit.

Le jour où David est revenu, il était d'humeur joyeuse. Il a dit : « Pardon pour la dernière fois. J'ai été têtu avec ce *mi.* »

J'ai le souvenir d'une seule parole de désir clair et déplié. C'était trois semaines avant l'accident. David jouait la main gauche d'une *Invention* de Bach, je jouais la droite. Nous avions une légère avance sur le tempo du métronome et la même façon de nous y prendre : les mains puissantes, un peu trop fières, une gaieté de fer. À la fin du morceau, nos hanches étaient soudées par le côté. Nous sommes restés un moment, trop longtemps nous le savions, dans cette caresse de siamois et le silence de la musique encore chaude. David a dit : « Si notre surveillant en chef n'était pas là, je ferais quelque chose. » Clovis aux bras croisés était assis sur son escabeau, aux aguets. Je n'étais pas folle. Ce que David avait dit, je ne l'avais pas rêvé. L'enfant m'était témoin. Il ne s'est rien passé de particulier au cours des deux dernières leçons. Nous avions changé de place devant le piano : je jouais la main gauche de l'*Invention* et David la droite, avec le souffle du métronome dans le dos, et toujours cette hâte, ce léger décalage mortel.

Solène

Ici, les enfants balancent au bout de leur bras une valise qui renferme le trésor d'un déjeuner en pièces détachées. Laëtitia a six mois quand elle arrive aux États-Unis, au bord de la baie du détroit de Long Island. Quatre ans quand elle reçoit sa première lunch-box, avec les personnages de la série télévisée *Sesame Street* sur le couvercle : Kermit la grenouille, Elmo le frêle monstre à fourrure rouge, et Big Bird l'autruche donneuse de leçon. La lunch-box de Laëtitia est en métal, comme le sont encore toutes les lunch-box au début des années 80. On a beau la nettoyer, des miettes restent piégées dans les angles. Même lavée à l'eau savonneuse, la valise exhale une odeur écœurante de sandwich confiné. Promesse inouïe d'une vie de pique-nique éternelle, la lunch-box offre à son jeune propriétaire un bonheur nomade qui dure tant que dure l'enfance. Chaque jour, c'est la renaissance du miracle. Ouvrir la lunch-box et reconnaître le visage de la mère qui s'est penchée sur elle. De Seattle à Plymouth, tous les enfants du pays chérissent leur lunch-box. Les mères, elles, la maudissent. (Ne parlons pas des pères. À moins d'être veuf, pas un père en 1986 ne sait remplir la fameuse boîte. Si un événement exceptionnel se produit dans la famille et contraint le père à accomplir ponctuellement cette tâche, il se montrera si parfaitement incompétent et étourdi qu'on ne fera plus jamais appel à lui.) La lunch-box est une bête pleine d'appétit. Elle grogne, elle n'en a jamais assez. Elle provoque chez la mère une pulsion de remplissage. Tout le vertige vient de la forme de la lunch-box : n'oublions pas que c'est une valise. C'est chaque matin la répétition du grand départ. La mère regarde son enfant s'éloigner de la maison et elle espère qu'il ne lui manquera rien. Ni pain ni amour.

La mère française qui arrive aux États-Unis compose des menus variés et savoureux pour le pique-nique quotidien de ses enfants. Après quelques semaines, elle est à court d'idées. Devant la gueule ouverte de la lunch-box, elle découvre l'angoisse de la page blanche. Elle se jure qu'elle n'imitera jamais la mère nord-américaine, qui sans état d'âme, trois cents jours par an, dépose dans la lunch-box de son enfant deux sandwichs d'un blanc immaculé. L'année de son arrivée dans le Nouveau Monde, on verra souvent la mère française se lancer le dimanche soir dans la réalisation d'un taboulé à la dinde, aux airelles et aux petits légumes sautés à l'huile d'olive. Elle prévoira évidemment une entrée – quelque chose de simple, comme des œufs mimosas à la ciboulette, ou bien des dés de saumon cru mariné au citron. Puis un morceau de fromage (ou plus exactement de *cheese*, qui se présente sous forme de parallélépipède orange vif, et n'a aucun gène ou ancêtre commun avec ce que nous appelons fromage au nord et au sud de la Loire). Et pour le dessert une tarte aux pommes caramélisées ou des madeleines faites maison. Tout sera rangé dans des Tupperware de différentes couleurs. Les saisons passeront et sans que la mère française ne s'en rende compte le contenu des Tupperware sera peu à peu moins varié. Sans bruit, une chose sera remplacée par une autre, comme dans les romans de Patrick Modiano où la ville qu'on croit habiter garde son nom et devient perpétuellement une autre. À l'angle de la rue, une boutique vient de disparaître… Il y a des ouvriers, des travaux… Quelques jours plus tôt, il y avait là… Il y avait quoi ? On est passé mille fois devant et on n'arrive plus à se souvenir… Bientôt on n'y pensera plus. On aura oublié qu'on a oublié. Tout changera, jusqu'à la dernière pierre. Si bien qu'il n'y aura plus de Tupperware au fond de la lunch-box, mais deux sandwichs de pain de mie, blanc immaculé.

Des années après son arrivée aux États-Unis, Solène Passereau décide de ranger sa cuisine de fond en comble et retrouve derrière le micro-ondes la recette du taboulé à la dinde, aux airelles et aux petits légumes. Elle ressent une douleur dans la poitrine. Et puis elle n'y pense plus.

David

David dit à Laëtitia qu'il va faire un tour du côté du lac, voir si l'orage n'a pas inondé la cabane et le canoë. Il achètera des cigarettes et une pizza pour leur dîner. Il n'en a pas pour longtemps.

— T'oublieras pas mes cigarettes, papa ?

— Des Marlboro ? Des Pall Mall ?

— Des Winston. Deux paquets.

— C'est noté. Pas d'autre drogue ? Cocaïne ? Opium ?

— Non merci, tu es un ange. Juste des cigarettes.

— J'en ai pour un quart d'heure, ma Roussette. Installe-toi devant la télé.

— Tu vas me laisser seule à la maison ? Une enfant de huit ans, huit mois et trois jours ? Avec les cambrioleurs, les éventreurs et les vendeurs de climatiseurs qui sonnent à la porte ?

— N'ouvre pas aux vendeurs de climatiseurs. Jure-le-moi, Roussette.

— Et s'il m'arrive un accident très grave ?

— Il ne peut rien t'arriver, mon Immortelle.

— Mais si je me fais mordre par un rat et que j'attrape un choléra carabiné ?

— Ma Roussette.

— Quoi, *ma Roussette* ?

— Tu es un miraculeux miracle.

— N'essaie pas de m'amadouer avec tes compliments.

David rencontre une femme plus grande que lui, avec un chapeau melon en feutre noir, une allure de cygne, qui elle aussi achète des cigarettes. Il l'a déjà vue quelque part. C'est une actrice. Peut-être une chanteuse. Ou plutôt le mannequin, en bottes de cavalière, qui est resté des semaines sur le panneau publicitaire à l'entrée de la voie rapide en direction de New York. « J'essaie d'arrêter. Et vous David, vous essayez d'arrêter ? » David passe en revue les possibilités : une amie de sa Solène ? L'institutrice de Laëtitia ? Ou bien une fille du cours de tango où Solène l'avait traîné (il avait passé toutes les séances à regarder les autres danser, avec un étonnement rêveur et une sensation d'oppression dans la poitrine) ? Tout en parlant, la femme pose la main sur le bras de David et le caresse avec une familiarité machinale, sur une zone poilue de quelques centimètres carrés, comme un cochon d'Inde. Chacun de ses ongles est à moitié couvert de bordeaux, à moitié de rouge. La femme parle dans un flot continu. Ses questions n'attendent pas de réponses. Son visage change d'expression d'une seconde à l'autre. « Qu'est-ce qu'elle me fait rire, votre fille ! Elle est prodigieuse ! Qu'est-ce que c'est, sur votre pull ? Des bélugas ? Des espadons ? C'est drôle, à votre âge, ce genre de pull ! Pourquoi vous portez ça ? Vous ne croyez pas que Laëtitia est la réincarnation de ce genre d'animal fabuleux ? Elle est tellement mûre et tellement étrange. » La femme serre le bras de David entre ses ongles bicolores.

— Attention ! *Étrange* dans le bon sens du terme ! Vous savez que M. Chamault l'appelle la Philosophe ?

— Qui est M. Chamault ? demande David.

— Qui est M. Chamault ! s'écrie la femme.

Elle part dans un grand rire et David remarque la chaîne en or, fine comme un cheveu, qui ondule au creux de la clavicule.

— C'est l'instituteur de nos enfants. Ils l'appellent M. Debosses. Chameau, deux bosses, vous comprenez ?

Soudain David se souvient d'elle, en smoking blanc, à la fête de l'école. Il lisait à l'écart et elle lui avait apporté un verre. Elle lui avait raconté qu'ils habitaient le même quartier, qu'elle était architecte et qu'elle avait tout abandonné pour suivre son mari aux États-Unis, un sculpteur dont les œuvres étaient exposées *partout*. « Vous ne me demandez pas où ? D'habitude les gens posent la question. Je vais vous le dire. À Paris, à Buenos Aires, à Tokyo, à Lourdes. Oui, Lourdes, vous avez bien entendu ! Mon mari est Derek Leko, puisque vous voulez tout savoir. Je dis *mari,* mais évidemment nous ne sommes pas mariés. On connaît la chanson… » Elle lui avait confié, David se rappelle, qu'elle s'ennuyait beaucoup et qu'elle se trouvait trop jolie pour s'ennuyer autant. Qu'elle avait fait sept années d'études et qu'elle passait ses journées devant des émissions de télé-achat qui lui faisaient subir un lavage de cerveau et l'avaient obligée à acheter un rameur d'appartement, un sauna finlandais aux allures de cercueil, des gants de boxe et un sac de frappe qu'elle n'avait jamais fixé au plafond, un moule à pancakes qu'elle avait descendu à la cave parce que ces connards s'étaient trompés de couleur : ils lui en avaient livré un jaune, or il fallait vraiment être *aveugle et impuissant pour aimer le jaune.* Et passant toujours d'une chose à l'autre, elle avait dit qu'elle avait trente-cinq ans, c'est-à-dire presque quarante, et donc cinquante en ligne de mire, qu'elle s'emmerdait à aller chercher à l'école leurs enfants et ceux de Kelly Carolan trois fois par semaine, qu'elle avait toujours eu honte de son prénom même si elle le trouvait *objectivement excitant.* Que ce prénom s'était répandu comme un virus avec le tube de Dave en 1974, mais qu'avant cette date elle était la seule personne au monde à le porter. David se souvient qu'il n'en pouvait plus de l'écouter. Il se taisait en attendant qu'elle s'en aille. Il avait le souffle court. À travers la houle de la foule, celle que tout le monde appelait Jézu le regardait et semblait lui serrer le cou.

— Vous en voulez une ? Vous avez du feu ? Comment va Solène ? demande la femme anxieuse, qui sort deux cigarettes de son paquet.

— Elle rend visite à sa famille en France. Je dois vous laisser, Laëtitia m'attend à la maison.

— En France ? Alors vous êtes seul avec votre fille ? Qu'est-ce que vous lui faites à manger ?

David comprend qu'il ne se débarrassera pas facilement de la femme au chapeau melon. Il lui tend son briquet et explique qu'il ne cuisine pas. Il emmène Laëtitia tous les jours au restaurant chinois, sauf quand ils ont envie d'une pizza. La femme prend David par les poignets, et comme sur une scène de théâtre elle s'écrie : « Les hommes ! Ce fléau ! » Elle lui dit qu'elle sait très bien qu'il a oublié son prénom. Alors regardez ma bouche : je m'appelle Va-ni-na. Comme la chanson de Dave qui fait *Vanina, je vais crever si tu t'en vas*, ou quelque chose comme ça. Vous vous en souviendrez, cette fois ? Samedi, j'organise une garden-party. On sera quoi, une quarantaine ? Grand maximum. Chips-champagne. Les enfants feront les fous dans le jardin. On aura juste à jeter un coup d'œil de temps en temps pour vérifier qu'il n'y a pas de mort. Et vous, David, vous viendrez. Ça n'est pas une question. Vous serez là.

Vanina prépare les lunch-box de ses enfants. Des anneaux d'oignons frits pour Émilie, et un pot de cheddar orange vif pour Clovis qui dit qu'à l'école il n'a pas faim et qu'il déteste voir les autres sortir de leur lunch-box la nourriture qui pue.

Il répète ce que dit son père :

« L'école, c'est pour les obèses qui veulent qu'on les remplisse. »

« L'enfance est trop longue. On se fait chier. »

« Les gens qu'on aime, il faut les sculpter. »

Clovis veut être sculpteur, comme son père. Et comme lui, il superpose des couches de pulls. Il vit emmitouflé dans une pelote de capes et d'écharpes, même en été. Il a hâte d'avoir la longue barbe grise enfumée de son père. Il se demande à quel âge ça commence à pousser.

— David, tu plaisantes ? Tu m'appelles des États-Unis pour savoir ce que tu dois mettre dans la lunch-box de Laëtitia ?

Solène ne laisse pas à David le temps de répondre et décrète que le plus simple est de faire cuire un steak, entre saignant et *à point*, puisque c'est comme ça que Laëtitia le préfère, et d'ajouter un œuf au plat qui ira dans un Tupperware séparé, pour éviter que le jaune ne se casse.

— Un œuf au plat ? Tu es sûre ?

La voix de Solène revient, avec deux longues secondes de décalage, traversant l'Atlantique.

— David, tu allais vraiment mettre un steak et un œuf au plat dans une lunch-box ?

— Je n'en sais rien, Solène. Je ne sais pas ces choses-là.

Quand David et Solène s'appellent par leurs prénoms, la colère est toujours proche. Solène explique comment préparer la salade pour le déjeuner de Laëtitia. Où trouver les pommes de terre et comment les faire bouillir. Quand elles auront refroidi, il faudra ajouter le céleri branche, les zestes de citron, les lardons et la vinaigrette. *Inutile de préciser que les lardons, tu les fais revenir à la poêle. Tu ne les balances pas tout crus dans la salade.* David ne sait pas à quelle partie du citron correspond le zeste. Ni à quoi ressemble un céleri branche. Il se demande si la vinaigrette est quelque part, déjà prête, dans un placard, ou bien s'il faut la fabriquer à partir d'ingrédients inconnus. Quant à l'expression *faire revenir*, David suppose qu'elle n'a pas le même sens que *cuire*, sans quoi Solène aurait recommandé de cuire les lardons et non pas de les faire revenir. Plutôt que de poser des questions qui entraîneraient des réponses narquoises et sadiquement détaillées, David décide de renoncer aux zestes, au céleri et aux lardons. Parfois la voix de Solène s'évanouit dans les câbles sous-marins. David dit qu'il n'a pas entendu les derniers mots. Et Solène répète la phrase entière, lente et étirée. Elle lui parle comme à un ami à qui elle aurait prêté la maison. *Tu vas voir, il y a un micro-ondes dans la cuisine, tu ne peux pas le rater* (ce *tu ne peux pas le rater* exaspère David). *Eh bien, posée sur ce micro-ondes, tu trouveras une espèce de marmite en cuivre remplie de Tupperware de tailles différentes.*

Le lendemain, pendant que Laëtitia empale ses céréales en forme de bonshommes avec une pique à bigorneaux, David jette deux pommes de terre dans l'eau frémissante et plante aussitôt un couteau dans leur chair ; elle est dure comme du bois. « Ma Roussette, nous avons un problème. Ces patates résistent à l'eau bouillante : elles refusent de cuire. Une salade de pommes de terre sans pommes de terre, ça ne va pas. Changeons notre fusil d'épaule. »

David gare sa Chevrolet Corvette sur le parking du McDonald's de Mikiwam. Il laisse le moteur tourner, ordonne à Laëtitia de rester dans la voiture, revient quelques minutes plus tard avec un sac en papier kraft dont il sort un cheeseburger, un cornet de frites, trois sachets de ketchup et un *apple pie,* que Laëtitia, muette de joie, dépose au fond de sa lunch-box. David tient à deux mains le grand verre de Coca-Cola. Laëtitia prend la paille entre ses lèvres. De plaisir, elle ferme les yeux. « Bois tout, ma Roussette. Prends des forces pour l'école. »

L'air a des reflets roses, un parfum d'herbe coupée. David et Laëtitia marchent sous une allée de cerisiers. Par une brèche dans la haie de cyprès, on voit le gazon fraîchement tondu, les parterres de fleurs en uniforme rouge à boutons noirs, une grande maison lambrissée, avec une galerie extérieure et une volée de marches blanches.

— Papa, tu m'écoutes ?

— Ça doit être là. Il y a des gens avec des coupes de champagne, des enfants…

— Tu ne m'écoutes jamais.

— Je t'écoute toujours.

— Maman dit que ce coin du quartier, c'est le coin *U.P.*

— Mais alors, par où on entre ? Mystère…

— Ça veut dire quoi, U.P. ?

— Huppé, c'est quand on a une huppe de plumes sur la tête, qui donne un air débile. Comme le paon.

Vanina porte une robe en écailles de serpent et un perroquet sur l'épaule droite. Elle tend les bras pour les accueillir : « Magnifique ! Vous êtes venus ! Regardez, c'est un vrai. Un mâle. Il me déchiquette l'épaule. Il est beau, non ? Il est brésilien. Qu'est-ce que je vous sers de très alcoolisé ? »

David reste au bord. Il observe les femmes, les plis mouvants des robes d'avril, les hommes avec une seule main dans la poche, les enfants qui courent dans un monde invisible et parallèle, changent brusquement de direction comme des chauves-souris. Un vieil homme à qui personne ne parle, en cape d'hiver, bonnet de laine et barbe de cent jours, se tient à côté du tourne-disque qu'on a posé sur un guéridon en fer. Il vient de se prendre les pieds dans la rallonge électrique. Au fond du jardin, il y a un kiosque à musique et une paire de colombes en plâtre perchées sur la balustrade où s'appuient deux femmes qui agitent le bras pour saluer David, puis se parlent à l'oreille. David n'a jamais aimé les fêtes. Les réceptions.

— Laëtitia s'amuse beaucoup. Je viendrai la chercher en fin d'après-midi, ça ne vous dérange pas ?

— Vous venez d'arriver ! dit Vanina au sourire furieux.

Sa gorge se couvre de nénuphars pourpres. Sur son épaule, le perroquet hoche la tête. *Regardez le genre de merveille que fait l'homme de ma vie. C'est beau, non ? C'est moi. Moi de dos, moi de face et de tous les côtés.* Vanina montre du doigt un cylindre métallique, lisse et brillant, dressé comme un totem au fond du jardin. *Et là-bas, celui qui s'occupe de la musique, avec le bonnet, c'est lui. C'est Derek, mon génial mari.* David a du mal à imaginer Vanina et le vieux barbu hagard dans le même intérieur, le même lit, les mêmes ficelles de phrases qui passent au-dessus de la table du petit-déjeuner. Il a une vision : Vanina nue sur la cuvette des toilettes, les coudes plantés dans les genoux, les mains calées sous le menton, et qui lui crie de fermer la porte. Un homme et une femme se dirigent vers lui. Il les a déjà vus quelque part. Il se concentre pour se souvenir des prénoms. Peut-être que Solène les a invités à dîner, à l'époque où elle organisait tout le temps des *dinner parties.* Les gens partaient à minuit. Vers onze heures, David disait : « Il ne doit pas être tôt. » Solène le fusillait du regard. Avant le dîner, elle était excitée, nerveuse. Elle demandait à David de déplacer les meubles du salon, et parfois de les remettre immédiatement à leur place. *Tu vas garder ce pull ? Avec les narvals dessus ? Tu n'as rien d'autre à te mettre ?* Après la soirée, elle restait assise dans un fauteuil, l'air absent et épuisé.

Maintenant David en est sûr : ils sont venus dîner chez eux au moins cinq fois. Il essaie de se souvenir. Pour l'homme, c'est quelque chose d'abrupt et d'un peu nordique. Et pour la femme, un nom moche, en *ine.*

— Tu fais bande à part, mon vieux ? Ta fille sème sa garde-robe aux quatre vents. Elle vient d'offrir sa jupe à notre fils. J'ai bien dit : sa jupe !

L'homme parle avec le poing enfoui dans la poche de son pantalon et David n'arrive pas à quitter des yeux cette boule qui remue en même temps que les lèvres.

— On se posait une question, avec Perrine… Ça serait pas ta bagnole, la Corvette juste avant le pont japonais ?

— Pourquoi je me garerais si loin ?

— C'est exactement ce que j'ai dit à Karl ! Je lui ai dit : Pourquoi veux-tu que David se gare aussi loin de chez Vanina ! Ça n'a aucun sens !

— Je t'assure que c'est la même. Quelle bagnole, mon vieux ! J'adorerais voir ce qu'elle a dans le ventre. Si tu cherches un copilote, un de ces quatre…

Les enfants disparaissent dans les bosquets et ressortent main dans la main, en longue couleuvre inépuisable. David file à l'anglaise. Il se retourne pour regarder Laëtitia à travers la brèche de la haie, sans jupe, dans sa paire de collants blancs.

Être avec elle lui semble impossible. *Un trop grand amour.* Quand ils dînent en famille, tous les trois, Laëtitia s'assied dans la même position que sa mère, une main glissée entre les cuisses, le buste de profil, comme si elle offrait juste un peu de sa présence, sans céder au chantage des rites et à la tendresse vénéneuse des parents.

Les années précédentes, Laëtitia passait la semaine chez une amie quand Solène rendait visite à sa famille en France. Seulement cette fois, la veille de son départ, Solène a averti David qu'elle n'avait rien organisé et que ça serait l'occasion pour lui de partager de vrais moments avec sa fille qu'il voyait si peu. David lui avait répondu qu'elle était inconsciente et égoïste. Elle le prenait de court. Il devait aller à Philadelphie pour accueillir une cargaison d'émeus venus d'Australie. Solène avait eu un petit sourire de triomphe : « Tu as peur de quoi, David ? »

Il a peur des longs repas et des questions de Laëtitia qui vous tiennent par la nuque. Le soir, ils vont au Summer Palace, un restaurant chinois presque toujours vide, planté au bord de la voie rapide. Quand un camion passe, les assiettes tremblent. La rumeur continue de la route rassure David qui ne sait jamais quoi dire à sa fille. Ce qu'il aime, c'est la regarder dormir. L'embrasser au réveil, la fièvre de ses joues, les galets lisses des épaules. Il ne veut rien d'autre. Chaque matin, l'embrasser, fièvre et galets. Et l'enfance brûlera à feu doux. De baiser en baiser, David ne remarquera pas le mûrissement, les cheveux lentement moins roux, l'allongement des bras, la naissance d'une vie secrète.

David s'éloigne sous les cerisiers en fleur. On entend encore l'écho de la fête. Derek a mis un nouveau disque – *Vanina*, le tube de Dave. David pense à ces pères et à ces mères qui trouvent des choses à se dire. Ça lui semble impossible. Ils parlent de leur travail, de leurs projets de vacances. Ils parlent de leurs enfants qu'ils mesurent les uns aux autres : les plus grands, les plus sportifs, les filles danseuses, les musiciens, les vrais bilingues, les têtes de classe. Est-ce que ces gens, eux aussi, songent à leur vie d'avant ? D'avant les enfants. Est-ce qu'ils rêvent de se débarrasser de cette peau d'amour qui les expose au malheur ? David regarde l'heure à son poignet. Il a trois heures de tranquillité devant lui. Un souffle froid passe sous son col de chemise, la lumière baisse, le soleil coule derrière un nuage. David a le sentiment qu'on l'observe. Il se retourne, la rue est vide et silencieuse, à part le bruit des ponceuses électriques porté par le vent. Ça vient du chantier naval au bord du lac. On répare les bateaux pour la belle saison. Le soleil réapparaît. David est envahi d'une ivresse de fin d'école. Bientôt il va s'asseoir au piano et travailler ce passage difficile, miné de trilles, que Sarah Hopkins joue toujours tête baissée, un duvet d'or sur la nuque. David dépasse une maison qui a gardé ses décorations de Noël, les sucres d'orge pendus aux branches des pommiers, le faux givre aux carreaux des fenêtres, les guirlandes d'ampoules vertes et rouges enroulées aux colonnes sous le fronton néogrec, et le père Noël à l'arrière de son traîneau fouettant quatre rennes, les pattes dans les pâquerettes et les crocus. David monte dans sa Chevrolet Corvette qui embaume le cuir neuf. Il y a des années et des années, le vendeur avait juré que le parfum disparaîtrait avec le temps. « Respirez-moi ça ! C'est la meilleure odeur qui existe, pas vrai ? Ah vous la trouvez un peu forte ? Eh bien, un beau matin, plus rien ! Évaporée ! Vous ne la remarquerez même plus. » Au milieu du gigantesque parking, les mains sur le volant, David s'imaginait sur un collier d'asphalte dans un désert de l'Ouest. Assis à sa droite, le vendeur montrait du doigt une énorme dame exubérante, en chapeau à plumes, qui parlait à un couple de jeunes clients en agitant les mains comme si elle s'était ébouillantée. « Prenez ma femme, par exemple... On ne peut pas la rater, hein ? Eh bien, plus rien ! Évaporée ! Je ne la remarque même plus ! » Le vendeur avait ri très fort, en claquant la cuisse de son pantalon blanc crème, coordonné à sa veste et sa cravate blanc crème. David s'était demandé combien de centaines de fois le vendeur avait prononcé cette phrase, claqué sa cuisse, et arraché à sa grosse gorge flasque le même rire triste et forcé.

Il s'était garé près du pont japonais, à cinq cents mètres de chez Vanina, pour que personne ne lui propose d'aller faire un tour dans sa Corvette. David avait ressenti une joie d'enfance éblouissante quand il l'avait achetée. Une joie qu'il avait connue une première fois le matin où son grand-père lui avait offert une voiture à pédales fabriquée en secret, en bois verni, avec des roues de vélo, un frein à main, un klaxon poire en forme de trompette, une plaque d'immatriculation portant le numéro 13, et un volant recouvert de cuir. Malgré tout, David considérait les hommes qui s'intéressent aux voitures comme des imbéciles.

David lit. Laëtitia le regarde.

— Je t'ai déjà dit que je serais ninja, plus tard ?

Elle observe les mains de son père et la montre au bracelet d'écailles.

— Je vais aller au Japon dans une école spéciale. Je vais devoir couper mes cheveux. Très court. Ça sera moche. Très moche ! C'est une école que pour les garçons.

David trace dans la marge de sa page un point d'exclamation.

Laëtitia vient s'asseoir juste à côté de lui, sur le repose-pieds tapissé de pivoines et de papillons.

— Tu veux bien que je te regarde pendant que tu lis ?

Laëtitia décide de retenir sa respiration aussi longtemps qu'elle peut. Elle écrase sa bouche sous une main, se pince le nez, compte les secondes en tapant du pied, et finit par recracher l'air bruyamment. Elle se lève, va vers la fenêtre à guillotine. Ce côté du jardin forme une grotte de verdure percée d'épées de soleil et de particules dansantes. Laëtitia plisse les yeux et, comme d'habitude, chaque feuille se met à trembler, se couvre d'une membrane de lumière et d'éclats diamantés. Tout devient liquide. Il n'y a plus qu'une mare émeraude où nagent des scarabées aux dos brillants. Laëtitia fait tinter ses ongles sur la vitre, d'abord sans bruit, puis de plus en plus fort. C'est le galop des chevaux dans le lointain. « Papa, tu as déjà vu des chevaux blancs traverser le jardin ? » David ne répond pas. Il est dans sa lecture comme dans un sommeil. Laëtitia fait courir les ongles de ses deux mains sur les carreaux de la fenêtre. Les sabots grossissent, les ventres fougueux se rapprochent. Tout sera bientôt renversé, piétiné : le canapé en vieux velours, les bibliothèques en bois sombre, la table de bridge, la collection de boussoles et de *sextants* – Laëtitia adore ce mot d'adulte. Elle ne sait pas pourquoi ses parents appellent cet endroit le *fumoir*. Personne n'a jamais fumé ici, à part un soir, elle se souvient, les robes claires et colorées allaient du salon vers la cuisine, vers le jardin, vers les flammes des torches, vers les silhouettes noires des hommes et des arbres découpés dans la nuit. Les bouches rouges riaient, n'en finissaient pas de rire, mais pourquoi ? Sa mère avait installé au milieu du jardin une estrade pour danser, qui restait vide. Les lucioles rayaient la nuit de longues hachures d'or. Solène s'était mise à danser seule, tournant sur elle-même, la tête jetée en arrière, un cavalier invisible l'embrassait dans le cou, lui disait à l'oreille qu'elle avait les plus beaux bras des trois Amériques, et Solène souriait, des larmes coulaient jusqu'à ses lèvres, il n'y avait pas une anse de lune pour éclairer le ciel et elle se sentait affreusement seule. Laëtitia se faufilait entre les invités et parfois une femme dont elle ne voyait pas le visage plongeait les doigts dans ses cheveux, demandait si elle s'amusait bien, si elle avait un fiancé, si elle aimait l'école, si elle n'avait pas sommeil, si elle avait l'habitude de se coucher aussi tard. Laëtitia se défaisait de ses filets, partait en courant, s'arrêtait devant la balancelle à deux places où une femme faisait glisser son pied sur le mollet d'un homme figé comme une poupée de porcelaine, puis elle reprenait sa course en veillant maintenant à ne pas être vue, espérant qu'on oublierait sa présence, que ses parents ne lui demanderaient jamais d'aller au lit. C'est en entrant dans le couloir qu'elle avait senti une odeur inhabituelle de cigarette et l'avait suivie jusqu'au fumoir où elle avait trouvé son père et une femme dans le noir et les chuchotements. « Vous allumez pas la lumière ? » avait presque crié Laëtitia vers le corps à deux têtes qui se détachait devant la fenêtre à guillotine. Son père avait dit d'une voix très particulière : « Qui voilà ! Je t'ai présenté ma fille Laëtitia ? » La femme fumait et portait une robe blanche pleine de remous, qui dévalait la hauteur du cou, les seins, les genoux, jusqu'au sol. Laëtitia avait demandé si c'était une robe de mariée et elle avait détesté le rire à moitié fou de la femme, qui s'était mêlé au rire de son père, qui avait soudain allumé la lumière qui avait dévoilé la robe qui n'était pas blanche, mais jaune, avec de grands oiseaux de mer aux becs méchants.

— Papa ? Ça te dérange pas, le bruit de mes ongles sur la vitre ?

David souligne au crayon les mots *pont de Tacoma*, *effondrement* et *phénomène de couplage aéroélastique*.

— Papa ! crie Laëtitia.

David lève la tête.

— Mes ongles sur la fenêtre, ça te dérange pas ?

— Pas du tout, Roussette, tu peux continuer.

Laëtitia se précipite hors du fumoir. D'un bras violent, elle envoie claquer la porte qui freine sur ses gonds et se referme sans un bruit.

David verse le lait dans le bol de Laëtitia. La veille ils ont regardé *Alien*, serrés du même côté du canapé. Laëtitia posait souvent sa paume sur les yeux de son père pour lui épargner le pire.

— J'adore quand le monstre sort du ventre du monsieur ! Il arrose tout le monde avec son sang. Tu crois que je vais garder des séquelles ? demande Laëtitia d'une voix réjouie.

Au centre des iris à branches bleues, David remarque les pupilles qui s'agrandissent. Il a une pensée étrange : on ne trouve la couleur noire nulle part ailleurs sur le corps de Laëtitia. Où a-t-elle appris l'expression *garder des séquelles* ? Combien de fois un enfant doit-il entendre une tournure de la langue avant de la comprendre et de la glisser dans sa voix ? Laëtitia noie sous sa cuillère les bonshommes en céréale qui flottent dans le lait. Elle promet à chacun une mort atroce :

— Toi tu meurs de brûlures au huitième degré. Toi tu meurs étouffé par un pancake au sirop d'érable.

Toi tu meurs… Comment ça s'appelle déjà, au Moyen Âge, papa, les gens qu'on pèle comme une pomme ?

— Des écorchés.

— C'est ça ! Toi tu meurs écorché. Et toi, de la peste noire. Et lui, il meurt de quoi, papa ?

— D'un rhume des foins.

Laëtitia éclate d'un rire où manque une dent. Elle menace du doigt les petits bonshommes tuméfiés, gorgés de lait : « Tous ! Vous crevez tous d'un rhume des foins ! »

Sarah

Le jeudi et le vendredi matin, les enfants grimpent dans le van de Sarah Hopkins qu'ils appellent tous par son surnom, Jézu. L'arrière est aménagé comme un salon : tapis à fleurs, rideaux aux fenêtres, banquette et fauteuils orange fixés au sol. Jézu s'arrête d'abord devant la maison de Kelly Carolan dont les trois garçons patientent toujours par ordre de taille à côté de la boîte aux lettres, cartable sur le dos, lunchbox à la main. Puis vient le tour d'Émilie et Clovis, les enfants de Vanina et Derek, qu'il faut appeler à coups de klaxon et qui malgré leur retard traversent leur jardin sans se presser, et s'agenouillent à mi-chemin pour caresser le chien. Laëtitia est la dernière à monter à bord. Elle salue tout le monde avec des mots qui ne sont pas de son âge. *Je suis enchantée de vous voir tous en grande forme et si bien habillés ! Quel froid de canard ce matin… Autant être trappeur dans le Saskatchewan !*

Une fois que Laëtitia est assise, Jézu se tourne vers les six enfants et demande : « On a bien mis sa ceinture ? » Puis elle conduit en serrant les dents et ne les desserre que devant l'école, quand tout le monde est descendu du van.

Jézu est convaincue qu'on sait tout d'une personne en l'observant conduire. Si elle a du sang-froid, de la patience, une bonne image d'elle-même. Comment elle fait l'amour, voit la réalité et craint la mort.

Graham et Kelly Carolan conduisent comme ils respirent. À l'âge de quinze ans, ils chevauchaient des tracteurs sur l'exploitation céréalière de leurs parents, au nord de l'Illinois. Ils savent rouler sans regarder la route, en se tordant le bras pour ramasser un biberon tombé par terre, pendant que trois voix suraiguës entonnent *Ten Little Indians*, la fameuse comptine psychédélique qui n'a pas de fin.

Solène Passereau conduit à la française. Elle est exaspérée par la lenteur des autres, le temps qu'ils lui font perdre, tout ce plaisir gâché.

Quant à Vanina, elle pense qu'on peut traverser la ville les yeux bandés. Tout miser sur l'harmonie générale, la pulsion de vie des autres conducteurs qui tournent leur volant *in extremis*, vous frôlent en vous sauvant la vie.

Cramponnée au volant, les coudes collés aux côtes, Jézu a toujours peur que quelque chose surgisse de façon magique et mortelle : une bête, un vélo, une vieille dame. Parfois, dans une rue déserte, elle enfonce l'accélérateur, puis freine brutalement. Son corps est propulsé vers le pare-brise, la ceinture de sécurité lui écrase la poitrine, le van s'immobilise.

Tout fonctionne. Jézu se sent mieux, comme si on lui avait injecté un calmant.

Le jour où elle avait passé son permis de conduire pour la troisième fois, l'examinateur lui avait reproché d'avoir laissé les essuie-glaces osciller sans arrêt, alors qu'il n'avait pas plu une goutte. Quand il lui avait tendu le bout de papier bleu qui autorisait Jézu à retirer son permis à la préfecture de police, elle s'était demandé s'il agissait par pitié ou parce qu'il devinait qu'elle redoublerait toujours de prudence pour compenser sa maladresse innée. En raccompagnant Jézu devant l'auto-école, il avait chuchoté qu'il n'avait jamais rencontré une femme aussi belle, qu'il aimerait la revoir et lui faire découvrir la pointe du Finistère où il possédait un bateau de pêche. Jézu avait décliné l'invitation en offrant à l'homme un sourire d'une douceur ambiguë, pour éviter qu'il ne se ravise, s'empare du papier bleu et le déchire de dépit. Pendant des années, Jézu n'avait pas conduit. Elle sortait régulièrement le permis de son portefeuille, pour le plaisir de le regarder. À son arrivée aux États-Unis, elle avait repris quelques heures de cours, avant de se présenter à l'examen du permis de conduire du New Jersey. Le jour J, le temps était splendide et elle s'était concentrée sur l'essentiel : ne pas actionner ses essuie-glaces.

Tout s'était bien passé.

Solène

Depuis qu'elle vit aux États-Unis, Solène retourne en France une fois par an. Son père et sa mère sont assis de l'autre côté de la table. Quand Solène parle, sa mère note tout ce qu'elle dit dans un carnet.

— Maman. S'il te plaît.

— Qu'est-ce que ça peut te faire ? Sinon ça me sort de la tête et c'est comme si tu n'étais pas venue. Déjà que tu ne viens jamais !

Entre Solène et ses parents, la discussion est toujours la même. Tôt ou tard, la mère de Solène dit : « Tes États-Unis, c'est quand même une drôle d'idée. » Quelques minutes plus tard, elle s'emporte. « Quelle mouche t'a piquée d'aller vivre dans un pays où le pain est immangeable ! » Le père parle peu et uniquement pour apporter son soutien à sa femme.

— Tu ne vas quand même pas nous faire avaler que c'est un pays à taille humaine ? Tu as vu la tête des caddies ? Moi, je n'appelle pas ça des caddies.

— Ta mère a raison. C'est pas des caddies.

— Et les buildings ! Franchement ! Habiter au 150e étage d'une tour en béton armé, avec du vide sous les pieds. Il faudrait me payer !

— Maman, j'habite une maison au milieu d'un jardin, près d'une forêt et d'une baie.

— Et les pauvres gens qui vivent les uns au-dessus des autres dans les gratte-ciel, qu'est-ce que tu en fais ?

— Les États-Unis, c'est pas ce que tu imagines. Tu prends ta voiture, tu roules pendant des heures, et à perte de vue, il y a juste l'immensité de la nature… La ligne d'horizon est beaucoup plus loin qu'ici.

— Non, ma chérie, elle n'est pas plus loin. Je te rappelle que tu n'es pas la seule à avoir fait des études dans cette pièce. Je peux te dire qu'en 1952 on n'était pas nombreuses à passer le certificat d'études physiques, chimiques et biologiques.

— Ta mère était l'une des seules.

— Je n'étais pas la seule. Ne dis pas n'importe quoi.

— J'ai dit *l'une des seules.*

— Laisse-moi parler. C'était un exploit de ma part. Maintenant ils distribuent les diplômes avec les étrennes. En tout cas, ma chérie, je t'apprends que la Terre est ronde ! Ici ou chez les Sioux, l'horizon est à la même distance. Au niveau de la mer, on peut voir à cinq kilomètres. Ni plus ni moins. Mais tu vas peut-être nous expliquer qu'aux États-Unis la Terre est plate ?

Le père est pris d'un fou rire silencieux. On le remarque aux minuscules soubresauts des épaules. Il marmonne : « Plate comme une limande ! »

— Et qu'est-ce qu'ils peuvent bouffer, tes Américains ! Ils vont exploser à force de bouffer…

Le père acquiesce. D'un mouvement grotesque des bras, il mime l'explosion d'un obèse.

— Tu sais que les enfants adorent empiler des cubes, maman ? Ils font tout le temps des tours plus hautes qu'eux.

— Je ne sais pas où tu veux en venir, ma chérie, mais je n'aime pas ce ton et je ne suis pas d'accord.

— Maman ! Les enfants fabriquent des tours de cubes, oui ou non ?

— Qu'est-ce qui te prend de t'énerver pour rien ?

— Ta mère a raison : qu'est-ce qui te prend ?

— L'homme américain n'a pas oublié les tours de cubes qu'il faisait quand il était petit.

— Ma chérie, pardon, mais tu n'as jamais fait une tour de cubes.

— Maman !

— Je sais quand même ce que je dis ! Tu jouais à mélanger de l'eau et des fourmis écrabouillées. Voilà ce que tu faisais. Tu me tendais la mixture et il fallait faire semblant d'en manger, dire que c'était délicieux, sans quoi tu devenais folle de rage, tu tapais du pied et tu enlevais ta couche.

— C'est impossible de parler avec toi. J'essaie de t'expliquer que les Américains osent se lancer, parce qu'ils ne doutent pas d'eux.

— Ah ça, pour ne pas douter d'eux ! Ils ont les chevilles grosses comme des pâtissons.

— Et comme on leur a donné confiance en eux, ils construisent des tours divines, des ponts pharaoniques…

— Et le pont du Gard, tu en fais quoi ?

— Ta mère a raison. Et le pont du Gard ?

— On n'a pas attendu tes Américains pour faire le pont du Gard. Ça date des Romains.

— Les Américains n'ont pas de parents : c'est ça leur plus grande chance. Ils les ont laissés derrière eux, en Europe, et ils n'ont personne pour leur dire : « Ne fais pas ça. Tu n'y arriveras pas. Pour qui tu te prends ? »

— Qu'est-ce que tu racontes ? À deux ans, tu avais déjà un caractère de tyran. On n'aurait jamais osé te contrarier. D'ailleurs, on n'a rien dit quand tu t'es enfuie avec notre petite-fille à six mille kilomètres d'ici.

— C'est vrai ce que dit ta mère. Pas une remarque !

— Je vous ai invités dix fois ! Pourquoi vous ne venez pas là-bas ? Il y a une chambre qui vous attend, une télévision au pied du lit, un matelas chauffant, une salle de bains séparée !

— Qu'est-ce que tu veux qu'on fasse d'un matelas chauffant, ma chérie ?

— Et le jardin est gigantesque, c'est calme, on entend les goélands.

— Ton père ne supporte pas le bruit. Comment veux-tu qu'il supporte des cris de goélands ?

— Dans quelle langue il faut vous le dire ? C'est silencieux ! C'est le paradis !

— Ne crie pas, ma chérie. Si c'est le paradis, on est ravis pour toi.

Solène sent une boule d'angoisse et de plomb tomber de sa gorge et se déposer au fond de son ventre, comme une poupée coule à pic dans une piscine et se couche sur le fond bleu, impuissante, les yeux ouverts. Elle calcule qu'il lui reste encore une soirée et cinq jours à passer entre son père et sa mère. Elle ne tiendra pas. Il faut appeler la compagnie aérienne, avancer la date du retour, trouver une excuse implacable, un accident, mettre David dans le secret.

Tu sors ? Tu ne regardes pas le film avec nous ? Qu'est-ce que tu vas faire à cette heure-là ? Tout sera fermé ! Tu te crois à Nouillorque ?

Solène s'éloigne du pavillon qui lui semblait si beau quand elle était petite, avec ses rideaux de billes de bois aux fenêtres, et les fleurs de ciment qui rampent le long du muret. Elle marche vite, elle tourne à droite, puis encore à droite ; sans hésiter elle va vers l'immeuble des parents d'Yvan, son amour de jeunesse. Et si elle frappait à leur porte, après tout ce temps ? Elle dirait : « Vous vous souvenez de moi ? », et ils en auraient les larmes aux yeux, ces parents plus doux que les siens, qui l'ont longtemps considérée comme leur fille. C'est elle qui avait cessé de les appeler et de répondre à leurs lettres. Ensemble ils avaient passé des moitiés de nuit à la table de la cuisine, comme dans un hall d'hôpital, à se ronger les sangs, à guetter les bruits de la rue, espérant qu'Yvan allait soudain ouvrir la porte, avec sa chemise ouverte sur le torse et sa grande bouche rose de petit garçon : « Réunion secrète du Parti ? Vous en tirez, une gueule ! » Yvan séchait les cours au lycée. Yvan volait. Yvan fuguait. Il voulait devenir matelot sur la mer de Chine. Il voulait devenir chinois. Il avait mis le feu au bureau de poste de Saint-Jean-de-Védas. (« Mais pourquoi la poste ? demandait sa mère. Qu'on mette le feu, je peux comprendre. Mais la poste ? Qu'est-ce qu'il y a de meilleur que la poste ? Qu'est-ce qu'il y a de plus gentil ? »)

Solène arrive au pied de l'immeuble. Dans le hall, devant les casiers des boîtes aux lettres, il est là, en vieux marcel de coton, épaules nues. Yvan se roule une cigarette, tête baissée. Solène frappe à la porte en verre. Il lève la tête et sourit, toutes dents dehors. Il n'a pas l'air surpris de la voir.

— Qu'est-ce que tu fais là ?

— Je m'en roule une. Je t'en roule une ?

Il ne l'invite pas à monter chez ses parents. Ils restent debout, dans la lumière laide des néons. Solène croise les bras, elle les décroise. La cigarette qu'elle a acceptée s'est éteinte au bout de ses doigts. Yvan porte à l'oreille un anneau où pend un crucifix en or. Il dit qu'il part convoyer un voilier jusqu'au détroit de Long Island. Est-ce qu'elle connaît Port Chester ? Est-ce qu'elle habite loin ? Alors ça, c'est une coïncidence ! Dans ce cas, il louera une voiture et il ira l'embrasser. Il faudra qu'elle lui prépare un vrai petit-déjeuner américain. Il veut goûter le bacon frit, les tartines de beurre de cacahouète et le sirop d'érable. Il dit qu'il crève de faim le matin, qu'il faudra bien le nourrir. Puis il repartira de Port Chester vers les Baléares. Il demande : « Tu te souviens des Baléares ? » Il dit qu'en se débrouillant bien il fera monter à bord de son voilier *ce qu'il a de plus précieux au monde.*

Solène dit à ses parents que David souffre d'une appendicite, avec un risque de péritonite. Il va être opéré en urgence à l'hôpital St. Matthew de Pessahee. Elle doit avancer son départ pour le rejoindre. Solène leur annonce tout cela d'une voix inquiète et émue. Elle ne comprend pas pourquoi, à son âge, elle doit encore mentir à ses parents. Trouver des stratagèmes de fuite.

Pendant les semaines qui suivent son retour, Solène est d'humeur changeante. Remplie d'excitation, elle réprime des fous rires, avant qu'une tristesse visqueuse lui tombe sur tout le corps. Une nuit, elle est arrachée à son sommeil : elle se réveille le souffle coupé, comme si elle avait reçu un coup de pied dans le dos. Une autre, elle rêve que sa cuisse la démange : elle la gratte et un ver sort de sa peau, la bouche hérissée de sabres argentés. Le ver est à moitié hors de la plaie, à moitié dedans. Il se dresse, il se débat, il cherche à défendre son trou. Il attaque et claque des mâchoires. Solène s'est déjà ouvert la cuisse à cet endroit précis, en tombant sur un leurre à calamar armé d'une couronne d'hameçons. C'était sur le pont du bateau, au large de Formentera, au sud transparent des Baléares. Yvan s'était agenouillé devant elle. Il lui avait dit, ne serre pas les dents, pense à un souvenir heureux, laisse-moi faire. Les points de suture formaient une écriture millénaire, cunéiforme. Yvan passait l'aiguille à travers la peau, en chantant Bob Dylan d'une voix basse et embrasée. *At dawn my lover comes to me…* Solène n'a pas de plus grand souvenir d'amour que cette séance de couture.

Elle comptait sincèrement en parler à David. Du ton le plus détaché possible. Elle voulait lui dire quelque chose comme : « Quand j'avais dix-huit ans, je me suis enfuie avec un type. Tu te souviens de cette histoire ? Je te l'ai déjà racontée. On avait donné de l'argent en liquide au propriétaire du voilier qui voulait savoir si j'étais bonne navigatrice. J'avais jamais mis les pieds sur un bateau ! On s'est retrouvés sur une coquille de noix. On n'avait rien emporté à manger. Trois paquets de biscottes et une boîte de sardines. J'ai eu le mal de mer pendant toute la traversée. Je pleurais, je vomissais, je crevais de froid. Tout était trempé et poisseux de sel. Je pensais à ma chambre… À mes parents… Les pauvres. Ils ont appelé la gendarmerie. Mon père a perdu la moitié de ses cheveux, du côté gauche. Je te promets ! Je leur ai envoyé une carte postale deux jours après mon arrivée à Majorque. Et l'autre jour, je suis tombée nez à nez avec ce type ! Dans la rue, tout près de chez mes parents. C'est drôle, il doit convoyer un bateau qui débarque à Port Chester dans quelques jours. Il passera me dire bonjour. » Dès que Solène s'apprêtait à annoncer à David la visite de ce *type*, une écharpe de panique lui enserrait le cou, parce qu'il ne s'agissait justement pas d'un *type*, mais d'Yvan le solitaire, le premier, le fiancé tête brûlée dont Solène avait si souvent parlé à David, la première année de leur relation, avec une voix transformée et un rictus d'amertume sur les lèvres. Dans leur couple, l'ombre d'Yvan était chaude et épaisse comme un corps. Au début, Solène en avait beaucoup trop dit, peut-être pour s'excuser d'avoir fait des promesses à un autre. Peut-être aussi, un peu cruellement, pour tourmenter David et qu'il l'aime d'un amour jaloux. Elle avait décrit des scènes précises et imprimé des images dans son esprit. Par exemple une baignade à la lueur de la lune, autour du bateau, dans la robe en damier noir et blanc qu'Yvan lui avait retirée dans l'eau, avec beaucoup de peine, et qui avait coulé, qui était sûrement aujourd'hui encore posée au fond de la Méditerranée, habitée par des hippocampes. Et un cliché d'amour au sous-sol d'un bar miteux, à côté des toilettes puantes, le rat aux yeux noirs qui les regardait, les voix des hommes trichant aux cartes et se saoulant au-dessus de leurs têtes, les poignets tordus, le désir fou, la morsure, la peau bronzée de l'épaule. David n'a pas oublié les joues soudain rouges de Solène quand elle lui avait raconté l'épisode de la rupture (la première d'une longue série). Comment elle avait alors frappé Yvan à coups de poing dans les genoux. Et comment il était tombé *comme un fusillé.*

Elle lui avait dit que toute sa vie elle aurait la tentation de frapper à l'aveugle, à la simple évocation de ce prénom, Yvan.

Yvan a téléphoné en arrivant à Port Chester. « Madame, je serai là demain, à neuf heures, et je prendrai des œufs au bacon. » Puis il a raccroché.

Finalement, Solène n'a rien dit à David, rien avoué. Couver un secret la grise un peu. Elle met sur le pupitre du piano, là où Yvan sera obligé de la voir, une photo de son mariage. David y est très beau, noyé dans le flou d'une brume de cigarette. Elle range dans un tiroir cette autre photo où David tient Laëtitia, toute petite, dans ses bras en berceau, et semble dire, du fond de ses yeux calmes : je fais ce que la vie attend d'un homme de mon âge, je n'ai pas de rêve ni de secrets dangereux.

Yvan se moquera forcément du grand monochrome blanc au-dessus de la cheminée. Il détestera les coussins sagement alignés sur le canapé et tous ces objets blancs, lisses, vases, boîtes, magazines, lits d'hôpitaux miniatures où la mort fait la sieste. Solène renverse les coussins et pose sur les meubles, çà et là, un verre de vin à moitié plein, une brosse pleine de cheveux roux, une cassette audio qui vomit un mètre de bande marron déroulée, une longue robe noire et froissée, un sac en daim à franges, des romans ouverts, couchés sur le texte. Quand elle descend, le lendemain matin, plus rien ne traîne. Les coussins sont droits comme des soldats. David boit son café debout, la tasse à la main, penché sur le piano. Il regarde la photo de leur mariage et dit : « J'ai rangé le salon, c'était le bordel. »

Sur l'épaule de David, Solène retire un fil jaune qu'elle a d'abord pris pour un long cheveu inconnu. Il est encore temps de lui parler. « Mon vieux copain Yvan vient me rendre visite ce matin. Ça s'est décidé à la dernière minute… » Elle se sentirait tellement plus légère. Elle regarde la photo sur le piano, la robe qu'elle n'a portée qu'une fois, la beauté résignée de son visage, les lèvres de David d'où s'échappe la fumée de cinéma.

Laëtitia débarque en pyjama dans le salon. « Pitié, ne me demandez surtout pas de vous raconter mon rêve ! » Son pyjama est trop court. Solène se dit qu'elle a dû le laver par erreur à l'eau très chaude, avec les draps. Ou bien c'est Laëtitia qui a profité de la nuit pour grandir. Solène regarde les chevilles nues, sous l'ourlet du pantalon. L'enfance est comme les fleurs de cerisier, déchirante de brièveté.

Laëtitia passe le collier de ses bras, longues pattes d'araignée, autour du cou de son père. Il y a encore quelque temps, si peu de temps, ses pieds ne touchaient pas le sol quand elle se suspendait de cette manière légère et éternelle.

David boit son deuxième café. Ça fait des mois qu'ils ne s'étaient pas retrouvés ensemble, père, mère, fille, dans la cuisine, à l'heure du petit-déjeuner.

— Tu pars où, papa ?

— Boston.

— Il y a des gens qui fument à Boston ?

— Plein.

Laëtitia joint les deux mains et exécute un salut de gratitude, d'inspiration japonaise. À l'occasion de chaque voyage, David rapporte à sa fille un cendrier volé. Laëtitia a des spécimens en plastique, en porcelaine, en métal, en terre cuite, qui viennent de loin, de cafés avec vue sur mer, de motels californiens bas de gamme, de pizzerias napolitaines et de palaces parisiens. Parfois, David dit d'un cendrier qu'il vient du *Vieux Continent,* ce qui procure à Laëtitia une joie intense et décuplée par le fait qu'elle ignore l'emplacement de cette région ancienne. Elle colle toujours une étiquette sur les cendriers, en indiquant la date et le lieu du larcin.

David ouvre la fenêtre de la cuisine. Il voudrait une cigarette. Il a commencé à fumer des Craven A au lycée et n'a jamais acheté d'autre marque. Le jour de son arrivée aux États-Unis, il avait ressenti une aiguille froide dans la poitrine. Solène avait frappé à la porte de la seule personne qu'elle connaissait dans ce pays : Kelly, la voisine qui les avait accueillis le matin même avec des gâteaux à la noix de pécan de chez Jonas, la pâtisserie la plus réputée de Zion Heights. Grâce à elle, David avait obtenu un rendez-vous pour le lendemain avec un cardiologue de l'hôpital St. Matthew où Kelly travaillait comme psychologue. Avec la nuit, la douleur dans la poitrine avait disparu et David s'était retrouvé, en pleine forme, devant un médecin épuisé et littéralement à bout de souffle. Dans un anglais lamentable, parsemé de mots français prononcés avec un accent qui se voulait américain, David avait expliqué au docteur qu'il n'avait plus mal nulle part et qu'il était profondément désolé de lui faire perdre son temps. Le docteur avait pointé son stylo vers la main de David. « Vos ongles sont jaunes. Vous allez me faire plaisir. Vous allez jeter le paquet de cigarettes qui est dans votre poche et vous ne fumerez plus jamais. L'ordre vous est donné par un fumeur invétéré qui va mourir dans six mois s'il a de la chance. Dans neuf mois si Dieu existe. Vous voyez que vous avez bien fait de venir : je vous ai sauvé la vie. » Pour ne pas se lancer dans une discussion chaotique en anglais, David avait jeté à contrecœur ses Craven A dans la poubelle du docteur. Quand il avait raconté la scène à Solène, elle l'avait supplié de ne pas écouter ce pervers qui voulait priver David d'un bonheur dont lui-même jouissait sans jamais débourser un dollar, vu qu'il rackettait ses patients et terminait chacune de ses journées avec un butin de huit ou dix paquets de cigarettes à moitié pleins. *Si tu tiens à moi, n'écoute pas ce malade. Tu dois fumer. C'est vital. Tu es tellement beau quand tu fumes.*

Laëtitia repêche les bonshommes en céréale qui se noient dans le bol de lait. Elle les aligne sur la toile cirée et déclare qu'elle ne les mangera pas :

— Ce matin, je n'ai pas faim. Je crois que j'ai de la fièvre.

Solène emballe un sandwich à la dinde dans une longue feuille argentée. Elle entend le rire de David.

— Tu es sûre que tu as besoin d'un kilomètre d'aluminium pour ce sandwich riquiqui ?

Un nerf s'enflamme dans la nuque de Solène. Elle pose le sandwich au fond de la lunch-box, entre la brique de jus de pomme et le paquet de raisins secs.

— C'est vrai qu'elle est un peu chaude.

Solène tourne la tête : David a la main sur le front de Laëtitia. Le nerf rayonne et irradie dans l'épaule. Solène crie :

— Non ! C'est pas ça, de la fièvre ! Sur le ferry, en Croatie, j'ai eu ce qu'on appelle de la fièvre.

— Ta mère parle de notre voyage de noces, ma Roussette. Il faisait une chaleur folle mais ta mère, qui est très originale, a attrapé froid.

— J'étais clouée au lit. Je n'ai rien vu. Tu m'as laissée seule dans la cabine pour aller visiter le palais de Dioclétien.

— Roussette, ta mère a la mémoire qui flanche. C'est elle qui m'a ordonné d'aller prendre des photos du palais et surtout du Sphinx devant le palais.

— J'étais venue exprès pour le Sphinx.

— Tu entends ? Ta mère était venue pour le Sphinx, pas pour moi.

— Je n'ai rien vu. Même la mer, je ne l'ai pas vue. Notre cabine n'avait pas de hublot.

— Si, on avait un hublot.

— C'est fou que tu dises qu'on avait un hublot ! Laëtitia, ma chérie, tu peux me croire, ton père se trompe, on n'avait pas de hublot.

— Ça, c'était la première nuit. J'ai demandé qu'on nous change de cabine, et dès le lendemain, on a eu notre hublot.

Solène fait non de la tête. Le nerf crache de l'électricité dans la nuque. À quoi bon avoir des souvenirs, si chacun a les siens ? « Non seulement on n'avait pas de hublot, mais quand on a changé de cabine il y avait un faux hublot au mur. Un trompe-l'œil avec une mer bleu turquoise, des vagues et des dauphins. On a eu un fou rire tellement c'était moche. »

Solène aplatit le paquet de chips et ferme la lunch-box. C'est Laëtitia qui l'avait choisie, parmi une centaine de modèles au supermarché. Mais après deux jours d'école, elle avait décrété que la grosse autruche jaune lui faisait peur et qu'il fallait l'enlever.

— Comment ça, l'enlever ? On ne va quand même pas découper le couvercle de ta lunch-box ?

Solène avait colorié l'autruche au feutre noir. Laëtitia était ravie.

— Je la trouve pâlotte ce matin. Elle devrait rester à la maison.

David trouve Laëtitia pâlotte, ce matin ? David qui n'est jamais là le matin ? Qui ne voit jamais la couleur de la peau de Laëtitia le matin ? Qui est déjà loin, dans un avion, ou au volant de sa voiture, quand Laëtitia se lève ? David qui ne sait pas remplir la lunch-box ? Qui ne sait pas dans quel placard se trouvent les culottes de Laëtitia ? Qui ne connaît peut-être même pas le nom de son instituteur ?

— Comment s'appelle l'instituteur de Laëtitia ?

— Pardon ?

— Je te demande comment s'appelle l'instituteur de notre fille. Réponds-moi.

— Pas si tu me parles sur ce ton.

— Je ne te parle sur aucun ton particulier. Je te pose une question toute bête. Comment s'appelle l'instituteur de Laëtitia ?

— M. Chamault. Mais les élèves l'appellent M. Debosses, dans son dos.

Deux bosses ! Laëtitia applaudit, le cou chaviré de rire. Solène voit la cuisine molle et floue à travers un voile de larmes. Si elle n'était plus là, David irait vivre à l'hôtel avec Laëtitia. Il trouverait une étudiante pour s'occuper des devoirs d'école. Une baby-sitter pour les soirs où il rentre tard. Une autre pour les soirs où il ne rentre pas. Père et fille prendraient leurs repas en tête à tête au restaurant chinois. Laëtitia raterait souvent l'école pour accompagner David en Californie. Il dirait : « Roussette, ne sors pas de l'hôtel et appelle la réception si tu as faim. » Laëtitia se prélasserait au bord de la piscine avec les lunettes noires de David et un sandwich-club. Les pieds dans l'eau, elle lirait et relirait les aventures des *Berenstain Bears*, cette famille d'ours heureuse et indestructible. Elle vivrait sur un tapis volant, filant dans le ciel, au-dessus du monde des autres enfants. De là-haut, les élèves qui descendent des bus jaunes ressembleraient à des fourmis. Elle attendrait le retour de David sur le lit *king size* de la chambre d'hôtel, allongée sur le ventre, les mains sous le menton, en regardant *21 Jump Street* à la télévision. Elle tomberait amoureuse de Johnny Depp, l'acteur principal. Elle se lèverait pour toucher sa bouche sur l'écran. Le week-end, David et Laëtitia feraient des centaines de kilomètres dans la Chevrolet, capote ouverte, pour aller observer le Golden Gate Bridge ou le Bixby Creek Bridge. Ils dormiraient sous un ventilateur à grandes pales de bois, dans un motel de bord de route. Toute la nuit, les néons d'un panneau publicitaire clignoteraient en rose et bleu sur leurs visages, à travers les lamelles des stores. Le matin, Laëtitia jouerait à la marchande avec les bouteilles d'alcool du minibar. David ne se sentirait coupable de rien. Ça serait une vie sans règles. Un rêve et une fugue.

— Ta cuillère ! crie Solène. Tu fous du lait partout ! Tu n'es pas habillée ! Pas coiffée ! Mme Hopkins passe te prendre dans six minutes !

Solène repensera à cette scène du dernier petit-déjeuner. Elle réentendra les dialogues, elle reverra leurs gestes à tous les trois, avec une impression de réalité si vive, un tel envahissement de détails, d'odeurs et de lumière, qu'elle aura parfois l'illusion d'y être encore et de pouvoir changer le cours des choses.

Laëtitia a claqué la porte-moustiquaire de la cuisine. Elle court vers le van de Jézu. Elle n'a enfilé qu'une bretelle du cartable qui se balance à son épaule. Solène sort de la maison en robe de chambre, brandit la lunch-box au-dessus de sa tête et crie : « Laëtitia ! Ton déjeuner ! »

David est en route pour Boston. S'il appelait de l'aéroport avant de prendre l'avion, il faudrait que Solène lui mente. Alors elle décroche le téléphone fixé au mur de la cuisine et laisse le combiné pendre au bout du fil torsadé. Elle veut être tranquille quelques heures. Yvan sera bientôt là. Elle ne fait rien de mal. Ils iront s'asseoir sur le vieux canapé au velours déchiré, sous la verrière du salon d'hiver, dans l'humidité chaude des plantes. Solène enlèvera ses chaussures et pliera les jambes, genoux sous le menton, comme à l'époque où ils s'installaient sur la banquette arrière de la voiture des parents d'Yvan, et se parlaient sans se toucher, à voix basse, même si personne ne pouvait les entendre. Elle retirait seulement le bas. Sa jupe ou son pantalon. Sa culotte aussi vite qu'elle pouvait. Yvan y allait avec la bouche, et c'était comme s'il soufflait sur une peau blessée, pour soulager une brûlure. Quand Solène prenait la forme d'un arc, Yvan s'éloignait vers la pointe des hanches, là où l'os est saillant, et tout ce qui était sur le point de jaillir – les cris d'or, la lave nacrée – retournait dans les souterrains. Les sensations disparaissaient et laissaient place à une brusque tristesse nerveuse. Tout était à recommencer. Alors avec ses lèvres lentes, cruelles, l'amant patient recommençait. Et quand, à la lisière de la jouissance, les mollets de Solène se mettaient à convulser comme deux poissons hors de l'eau, Yvan se livrait à un nouveau saccage. Il quittait le sexe et embrassait les genoux, les chevilles, il avait tout son temps. Un après-midi chaud et glacial de décembre, Solène avait demandé, en se rhabillant à l'arrière de la voiture : « Tu crois que c'est vrai, ce qu'on ressent ? » Yvan avait répondu, sans la regarder : « Quand on rêve qu'on trouve des pépites d'or dans une rivière en Amazonie, on se réveille dans son lit, les mains vides. »

Un coup de sonnette perce le silence. Solène attend quelques secondes avant de se lever. Elle se dirige lentement vers la porte d'entrée. Elle ne veut pas qu'Yvan entende des pas précipités et s'imagine des choses. Elle ne veut pas se dépêcher pour ouvrir à celui qui lui a dit, quinze ans plus tôt, la bouche pleine, dans l'avion qui volait vers Lima : « J'ai fini de t'aimer. Mais tu n'y peux rien. » Toutes les places à bord étaient occupées. Pendant six heures, Solène était restée assise à côté d'Yvan qui venait de la quitter. Si elle avait laissé une seule larme franchir la haie de ses cils, elle aurait été emportée par un flot de hurlements. Elle aurait frappé à coups de poing Yvan qui découpait la viande dans son plateau-repas et mâchait avec une satisfaction manifeste et odieuse les petits morceaux luisants de sauce. Solène avait tellement préparé ce voyage qu'elle en gardait des souvenirs avant même d'être arrivée. Il lui semblait qu'elle avait déjà marché dans les rues bleues du couvent Santa Catalina à Arequipa et vu le Machu Picchu flotter dans la brume. Elle avait pris en photo le corps endormi d'Yvan dans une barque en roseaux, glissant sur l'argent du lac Titicaca.

Elle ouvre la porte et devine sa présence. Yvan n'est pas loin, il se cache. Il doit être accroupi derrière le meuble où Solène range les bottes de jardinage qu'elle n'a utilisées qu'une fois, le jour où elle les a achetées. Elle s'interdit de tourner la tête : il n'a qu'à se montrer. Elle fait semblant de refermer la porte quand elle aperçoit deux gamins sur la pente qui va du garage à la rue. L'un d'eux se retourne, un air de victoire sur les pommettes rouges, le poing planté dans le ciel. Ils détalent avec des cris de guerre et de joie. Solène les regarde s'éloigner et se souvient qu'elle aussi sonnait aux portes, avec une complice. Elles s'enfuyaient le cœur battant, le vent de l'interdit dans le dos. Elles ne se doutaient pas que l'adulte piégé ne ressentait aucune colère. Rien qu'un pincement du temps et une tendresse désemparée pour les enfants qui, d'une toute petite chose, se font une aventure.

Yvan n'est toujours pas là. Solène se lève et change de fauteuil. Elle a une impression étrange en regardant autour d'elle. Les rideaux à rayures, l'oie en porcelaine dont le cou se dévisse et qui sert de boîte à biscuits, le canapé en croissant de lune, le grand monochrome blanc, le cheval à bascule et sa crinière en vrais crins. Solène n'est pas chez elle. Les objets étaient là avant son arrivée. D'autres femmes ont utilisé les casseroles de cette maison réservée à des expatriés et entièrement meublée. D'autres épouses ont joui dans son lit. De quelle manière ? se demande Solène. En ressentant quoi, exactement ? En faisant quel genre de grimaces et de bruits ? Il paraît que juste avant eux il y avait une famille suédoise. Et avant, des Néo-Zélandais. Et avant, elle ne sait pas. Solène pense soudain au berceau en osier de Laëtitia. Il lui appartient, elle l'a acheté. Elle l'a descendu à la cave, il y a plusieurs années. Elle a envie de le voir. Une boîte à musique était fixée sur le bord. Il fallait tourner une clef dorée pour enclencher le mécanisme. La berceuse était désuète et bouleversante. À la fin, elle ralentissait et se disloquait. Solène regarde l'heure à son poignet. Yvan avait dit qu'il s'en irait d'ici avec *ce qu'il a de plus précieux au monde*. Il parlait d'elle. Sûrement un rapt. Un ravissement. L'amour fou, se dit Solène. Il rêve, s'il croit que je vais le suivre. Gâcher ma vie pour vivre de rien, sans foyer, enlacés sous le toit du ciel vide et libres d'une fausse liberté. S'il voulait m'enlever, il fallait le faire quand je lui ai écrit que j'allais me marier avec David et qu'il n'avait qu'un mot à prononcer pour que je le choisisse lui. Sa vie aurait été la mienne. J'aurais habité une coque de bateau. Je me serais passée de tout. Il n'avait pas répondu. Ni à cette lettre ni aux suivantes qui disaient la même chose, d'une voix de plus en plus folle et amère. Solène retire ses chaussures à talons hauts. Une main géante la déplace comme une figurine : elle quitte le salon, raccroche le téléphone dans la cuisine, traverse la salle à manger, le couloir, monte les marches moelleuses couvertes de moquette blanche, ramasse les serviettes sur le sol encore mouillé de la salle de bains, les étend sur le porte-serviettes chauffant, sait maintenant qu'Yvan ne viendra pas, qu'il a eu un contretemps ou qu'il a oublié leur rendez-vous. Solène frotte l'intérieur du lavabo pour faire disparaître les traces bleues de dentifrice. Elle essaie de jeter à la poubelle un cheveu de David qui lui reste collé aux doigts et tout à coup la dégoûte. Elle entre dans la chambre de Laëtitia, enfouit son visage dans le pyjama, pour savoir s'il faut le mettre à laver. Il sent tellement bon. Il sent Laëtitia. Terre rouge et sèche chauffée au soleil.

Vanina

Sur le seuil de la maison, en robe de chambre rose satiné et pantoufles lapin à grandes oreilles, Vanina regarde Émilie et Clovis monter dans le van de Sarah Hopkins. Un jeune livreur en uniforme sort d'une camionnette. Vanina l'accueille en tendant les bras vers lui : « Dieu vous bénisse ! Pardon pour ma tenue ! » Elle a commandé un appareil qui électrocute la graisse. La première fois qu'elle a vu l'émission de téléachat avec cette femme qui collait autour de son nombril des ventouses reliées à des fils électriques, elle a murmuré : « Mais que les gens sont cons ! » La deuxième fois, elle s'est levée et approchée de l'écran, soupçonneuse. La femme au ventre carrelé de muscles géométriques comme des écailles de tortue était-elle réellement la même que la femme au ventre gras et grumeleux aperçue au début du reportage ? Pareille métamorphose était-elle possible ? Vanina avait couru jusqu'à la salle de bains pour observer son ventre dans le miroir. Elle avait pétri la matière élastique et tendre. C'est en voyant l'émission de téléachat pour la troisième fois qu'elle avait composé le numéro qui s'affichait en bas de l'écran et commandé l'appareil qui transforme les femmes en tortues.

— Il me faut juste une signature, madame.

— Dans cette case microscopique, vous voulez dire ? Mais c'est ridicule ! Ma signature ne tient pas là-dedans. J'ai besoin d'espace ! De liberté... Vous êtes jeune, vous, Jerry. Vous êtes beau. Vous avez un badge avec votre prénom : ce n'est pas rien. Vous êtes livreur pour une grande société américaine et vous allez monter les échelons, je vous le garantis. Un jour vous claquerez la porte et vous aurez votre propre entreprise. Vous êtes américain, vous allez réussir. Moi je suis coincée dans cette maison, je n'ai rien à faire, je suis française. Vous entendez ? C'est le téléphone. Je ne vais pas répondre, ils nous emmerdent. Ils vont encore nous vendre leur camelote immonde, et je ne sais pas dire non. Je voudrais juste retrouver le ventre que j'avais avant la naissance d'Émilie. J'avais un ventre de *publicité*, Jerry. D'ailleurs j'ai été mannequin. Ça se devine, non ? À mon visage, ma silhouette. Et puis Émilie est née et elle m'a massacrée. Pour que votre fille soit belle un jour, vous devez la laisser vous massacrer. C'est la définition de la maternité. Soyez gentil avec votre mère, Jerry. Je vais vous raconter quelque chose. Quand j'avais six ans, je signais des documents, c'était mon jeu préféré. J'étais un homme d'affaires. Attention, Jerry, pas une femme. Un homme d'affaires. On m'apportait les documents dans un porte-documents en cuir noir, d'une douceur absolument extraordinaire : du cuir de veau. J'avais un secrétaire lèche-bottes qui m'obéissait *au doigt et à l'œil...* Je ne sais pas comment dire ça en anglais... *To the finger and the eye ?* Il restait debout et il se penchait au-dessus du bureau, comme un majordome. Il tournait les pages à ma place. C'était mon petit frère. Je signais chaque document, et surtout, Jerry, c'est le plus important : je masquais ma joie. Je signais avec l'air le plus blasé du monde. C'était vraiment un sentiment délicieux.

— Madame, il faut signer maintenant.

— Je vais le faire ! Ne vous inquiétez pas. Vous êtes pressé, vous avez des paquets à livrer, évidemment... Mais attendez une seconde...

Vanina s'accroupit, arrache les rubans de scotch et jette autour d'elle de pleines poignées de papillons en polystyrène. Sans même les regarder, elle sort les fils électriques, les ventouses de pieuvre, la ceinture à scratch et le boîtier de commande, comme si elle cherchait une surprise au fond du carton.

— On est toujours déçu, n'est-ce pas, Jerry ?

— Madame, je vais avoir des ennuis...

— Vous avez raison. Ça suffit, maintenant... Je vais signer. Ce téléphone qui n'arrête pas de sonner, c'est infernal... Dites-moi sincèrement, Jerry. Est-ce que c'est toujours horrible, un ventre mou, avec des bourrelets et de la cellulite ? Est-ce que vous pourriez être ému, vous, par un ventre mou ? Si c'était le ventre mou de la femme que vous aimez ?

Vanina dispose les ventouses sur son ventre enduit d'un liquide gélatineux. Elle presse l'interrupteur : une onde lourde et intestine mugit sous sa peau. Le téléphone sonne, le ventre sursaute, il a des hoquets étranges. Le téléphone sonne encore et encore. Vanina gémit de malaise. Pulsation de nausée. Les sonneries s'arrêtent quelques secondes et reprennent. Nouvelle salve électrique dans les entrailles. Vanina tourne le bouton au maximum. Poing dans l'estomac et haut-le-cœur. Les sonneries ne s'arrêtent plus. Vanina arrache les ventouses, se lève, furieuse, décroche le téléphone. Elle entend « Vanina » et rien qu'à ce mot et cette voix sourde elle sait qu'on va lui annoncer la mort de quelqu'un. La femme murmure trois fois « Vanina », comme pour prendre son élan et des forces. « Quand j'ai déposé mon fils à l'école, il y avait une ambulance… Et par terre, la petite fille… » La voix se brise et murmure *Mon Dieu.* « J'ai reconnu le blouson en jean, avec les marguerites… Je t'ai appelée aussi vite que j'ai pu. »

Le crâne est frappé à l'arrière par une pierre. Puis il y a un blanc et un bruit immense d'insecte emprisonné dans l'oreille, qui vibre des ailes. Vanina regarde les deux poignées de cheveux au creux de ses mains. Elle a cousu elle-même sur le blouson les patchs en forme de marguerites. Il n'existe pas deux blousons comme celui d'Émilie. Vanina laisse tomber ses cheveux arrachés et joint les mains. Elle n'a pas prié depuis qu'elle priait le soir, enfant, à genoux au bord du lit, à côté de sa sœur qu'elle redoutait et qu'elle admirait parce qu'elle avait les yeux fermés, les lèvres ferventes, et qu'elle demandait sans honte à Dieu tout ce qu'elle voulait, récompenses, chaton, bonnes notes, amour de leurs parents, chaussures neuves, guérison, chute d'une dent de lait, et qu'elle était toujours exaucée. Vanina demande à Dieu : *Prenez l'enfant de quelqu'un d'autre. Moi, je ne peux pas.*

La sonnerie du téléphone revient. C'est une autre mère à la voix déchirée. « On t'a dit ? La petite Laëtitia Passereau a eu un accident devant l'école. Elle est décédée. »

Vanina raccroche. La morte, ça n'est pas Émilie.

Une flamme noire s'enfuit par sa bouche. Une terrible joie. La plus grande de sa vie.

II

Sarah

Je ne pensais pas à ce qui venait d'arriver. Je ne pensais pas. Je serrais mes mains l'une contre l'autre, sans ressentir leur contact, comme au travers de grosses moufles. J'étais assise sur une chaise devant deux policiers, et pourtant j'étais encore couchée, en chien de fusil, au bas des marches de l'école, la tête reposant sur le sol.

— Je reprends, madame Hopkins. Vous vous êtes donc garée devant l'entrée principale de l'école. Et ensuite, qui est descendu en premier de votre van et par quelle porte ?

— Louis Carolan, du côté droit. J'ai un Dodge : il n'y a pas de porte du côté gauche.

— Et Louis Carolan, vous l'avez vu sortir du van ? Vous étiez tournée vers l'arrière ? Vous le regardiez ? Expliquez-nous comment ça s'est passé.

J'ai dit que j'avais fait exactement ce que je faisais d'habitude, et j'ai aussitôt regretté mon ton sec et froid. Je parlais en fixant une agrafeuse à tête de grenouille posée sur le bureau. J'ai dit d'une voix monocorde que j'avais regardé les enfants sortir du van, en leur souhaitant une bonne journée et en les appelant par leur prénom. *Have a nice day Louis, have a nice day Josh, have a nice day Nicky, have a nice day Émilie, have a nice day Laëtitia, have a nice day Clovis.* Clovis est sorti le dernier, il a refermé la portière. Et avant de redémarrer, j'ai vérifié dans les trois rétroviseurs que la voie était libre, comme à chaque fois.

Mensonge. J'ai regardé les quatre premiers enfants sortir du van, mais quand le tour de Laëtitia et Clovis est arrivé, j'ai tourné la tête : une grande guêpe rouge s'était posée sur moi. J'ai ouvert la fenêtre, j'ai secoué le bras. La guêpe n'a pas bougé. J'ai soufflé sur son corps, alors elle a fait ce que font les insectes dans ces moments-là : elle a plié les pattes pour résister au vent. J'ai attrapé le dépliant sur le zoo du Bronx et j'ai balayé la guêpe. Je l'ai vue s'envoler.

Les policiers me posaient des questions, je me sentais disparaître, je n'étais pas devant eux. J'étais sur le parking de l'école, enroulée, la tête touchant le sol, dure et creuse comme un coquillage. Des cris étouffés explosaient autour de moi. J'ai entendu : *c'est une CE2.*

Je regardais l'agrafeuse à tête de grenouille. Elle semblait irréelle. Tout était irréel : mes mains, la vitesse à laquelle les secondes s'écoulaient, le décor du commissariat. Le policier qui n'avait pas encore posé de questions mais qui avait dit plusieurs fois « Madame Hopkins, s'il vous plaît, essayez de parler un peu plus fort » m'a demandé comment j'avais réagi quand j'ai senti que je *butais sur un obstacle.* J'ai chuchoté : « C'est pas possible. C'est pas vrai. » Tout entière, je n'étais plus qu'une sensation. De vertige et d'horreur.

À aucun moment les policiers ne m'ont parlé durement. Ils ne laissaient rien voir de leurs émotions et me posaient des questions qui semblaient simples comme des ruses. Ils m'ont demandé si l'autoradio était allumé au moment de l'accident. Combien il y avait d'enfants devant les marches qui mènent aux portes de l'école quand je me suis garée. Si un bruit a détourné mon attention. Si je pouvais décrire la voiture qui était stationnée juste devant moi. Si je me souvenais de sa marque et de sa couleur. Si les enfants que j'accompagnais avaient attendu d'être regroupés à l'extérieur du van pour prendre l'escalier, ou bien s'ils étaient montés au fur et à mesure. Plus je m'appliquais pour répondre, moins j'étais sûre de mes souvenirs. Chaque image qui me revenait était comme un paravent qui m'empêchait de voir ce qu'il y avait derrière. Sur une page de cahier, les policiers ont représenté le parking, mon van, et les marches de l'école. Il fallait que je trace une croix à l'endroit où se trouvait Laëtitia quand je l'ai regardée pour la dernière fois.

Soudain j'ai pensé qu'à cette heure-ci David et Solène *savaient.* On avait dû leur annoncer la nouvelle. J'ai eu une violente douleur, un choc sur le côté du front.

Madame Hopkins ? Ça va ? Vous vous êtes évanouie. Votre tête a cogné le pied du bureau. Vous vous sentez capable de reprendre ?

On me reposait les mêmes questions. On attendait de moi que je me souvienne de tout, avec une précision de caméscope. Je n'avais pas le droit de répondre «Je ne sais plus, j'ai oublié». La moindre des choses, c'était de me souvenir.

— Vous avez redémarré tout de suite ? Vous diriez combien ? Cinq secondes après la fermeture de la portière ? Dix ?

J'ai répondu que je n'avais pas traîné avant de redémarrer, parce qu'à cette heure-là les voitures attendent qu'une place se libère devant les marches, pour déposer les enfants.

— Et quand vous avez redémarré, vous avez roulé sur un obstacle. Vous avez dû le sentir ?

Rouler sur un obstacle.

Une giclée d'horreur dans le ventre. La vérité, c'est que j'ai cru que mes roues butaient sur un des gros dos-d'âne qu'ils ont installés partout autour de l'école. Et j'ai appuyé sur l'accélérateur pour franchir *l'obstacle.*

Les gens qui ont vécu un drame disent tous la même chose : *J'ai pris un coup de bâton sur la tête et le sol s'est dérobé sous mes pieds.* Je me suis toujours demandé pourquoi ils décrivaient cette scène. Pourquoi ils débitaient par réflexe une formule apprise par cœur. Maintenant je le sais : c'est parce que ce n'est pas une formule. C'est la description précise de ce qui se passe. La tête est frappée, et un gouffre, réel, géologique, s'ouvre sous vos pieds.

Tout ce que je devais faire, je l'ai fait. Je me suis garée le plus près possible de l'entrée, comme toujours, pour que les enfants n'aient pas à traverser le parking. Je leur ai souhaité une bonne journée, sans oublier un seul prénom. J'ai regardé dans les rétroviseurs. J'ai redémarré. Et je n'avais plus qu'à aller me garer, à vingt mètres de là, dans la partie du parking réservée aux professeurs.

Un scénario se dessinait. Laëtitia avait dû faire tomber sa lunch-box en sortant du van. La lunch-box avait dérapé et atterri sous le van. Laëtitia s'était dépêchée d'aller la chercher en rampant. Cet enchaînement de mouvements avait duré de cinq à dix secondes. Le policier pensait que Laëtitia s'était peut-être retrouvée coincée, à cause de son cartable dans le dos, et qu'elle n'avait pas pu repartir en arrière. (Et moi, je pensais : peut-être qu'elle a eu une peur qui l'a paralysée quand elle a entendu le bruit du moteur.)

On m'a laissée sur une chaise. Un policier a dit que je pourrais récupérer mon van dans quelques jours, probablement après le week-end. Il a jeté à travers la pièce un trousseau de clefs, qu'un collègue a attrapé au vol. « Y a les poubelles ! Bouge la voiture ! » Le ton était amical et joyeux. Tout était douloureux et dédoublé.

J'ai fermé les yeux. J'étais dans l'eau froide, entourée d'algues hautes. Là-haut, très loin, je voyais les ondulations vert pâle des rayons de soleil. Je sentais que des formes passaient près de moi. Des voix humaines m'arrivaient distordues et moelleuses. Quand j'ai rouvert les yeux, j'ai entendu un policier dire à sa collègue : « La pauvre. Sa vie est foutue. » C'est moi qu'ils regardaient.

Le lendemain, ils ont fermé l'école. Je suis restée chez moi. Le directeur m'a appelée pour me dire que ce qui était arrivé était la pire chose qui puisse arriver. Il a dit qu'il transmettait mes pensées à la famille de Laëtitia mais qu'il était préférable, évidemment, que je reste quelque temps en retrait. Il avait détaché le mot *évidemment.* J'ai répondu :

— Évidemment.

J'étais assise par terre, dans un coin de ma chambre. Le plafond était plus haut, les meubles plus grands et plus anguleux qu'avant. J'ai passé là le reste de la journée et une partie de la nuit. Mes pensées n'étaient pas cohérentes. Dès qu'une phrase commençait à prendre forme, mon esprit la détruisait. Je n'arrivais plus à m'adresser à moi-même. Je voyais des arcs électriques bleus, faits d'une multitude d'anneaux. J'éprouvais une peur éclatante. Pour me calmer, je griffais mes bras et je regardais les longues lignes roses de peau éraflée, qui allaient de la pliure du coude jusqu'à l'intérieur du poignet. Je ne sentais rien.

Le dimanche, j'ai roulé à vélo en direction de l'école. Je me suis arrêtée à une trentaine de mètres du parking. Mon van était toujours à la même place. Un ruban jaune délimitait la zone de l'accident, comme s'il y avait eu un crime. Une banderole courait sur la façade de l'école, en lettres majuscules. LAËTITIA À JAMAIS DANS NOS CŒURS. Toute une foule s'était rassemblée. On entendait la rumeur lancinante d'une prière. Le sol était couvert de bouquets de fleurs, de photos, de lettres, d'ours en peluche, de poupées, de dessins d'enfants, de centaines de bougies alignées, de la plus haute à la plus petite, comme une flûte de Pan en flammes. Depuis les fenêtres du deuxième étage, trois hommes déroulaient une gigantesque affiche. On a vu d'abord le front bombé, les yeux, les taches de rousseur presque noires sur le nez, la bouche souriante, l'encolure d'une robe. Mes bras tremblaient. Je me suis accroupie entre deux voitures pour me cacher.

Je n'ai pas tué un enfant. J'ai causé sa mort.

Après ça, comment être en vie ? Je ne parle pas de la force qu'il faut pour sortir de son lit, après la trêve douce-amère de la nuit, et faire couler l'eau sur sa peau, avaler des aliments sans avoir faim, rouler en voiture en chassant l'idée qu'on pourrait accélérer et tourner d'un coup le volant vers le mur et la sortie du cauchemar. Je ne parle pas de cette force-là. Je me demande simplement comment font les poumons pour continuer à se remplir d'air. Comment fait le cœur pour battre. Pourquoi la vie ne s'en va pas d'elle-même ? Quand deux vieux s'aiment et que l'un meurt, souvent l'autre le suit. La vie a le tact de se retirer.

Kelly Carolan a laissé un message sur mon répondeur. *J'appelle pour être sûre qu'on vous a prévenue. L'enterrement a lieu demain à dix heures dans la chapelle de l'école. J'espère que vous tenez le coup.*

Pour la première fois depuis l'accident, quelqu'un se préoccupait de moi. Je connaissais à peine cette femme. Ses trois garçons, Josh, Louis et Nicky, faisaient partie des enfants que j'emmenais deux fois par semaine à l'école. J'étais au courant des histoires qu'on racontait sur leur famille. Kelly en savait long sur le mal que peut faire la vie. Elle savait que d'un jour à l'autre amis et voisins peuvent vous jeter des pierres, comme s'ils s'étaient exercés depuis l'enfance et que rien ne leur était plus naturel.

Je n'avais pas d'habits noirs dans mes placards. J'ai enfilé un pull aux couleurs des érables d'octobre et des cheveux de Laëtitia. J'ai mis une jupe, moi qui n'en porte jamais. Je n'avais pas fermé l'œil de la nuit. J'avais des vertiges. Les murs respiraient : je les voyais onduler très légèrement, se gonfler et se creuser comme des méduses. J'avais hâte de me retrouver au milieu des autres.

En approchant le pinceau de mon visage, j'ai hésité. Je ne savais plus si je devais mettre la poudre au milieu de la joue et l'étaler ensuite, ou bien l'appliquer par petites touches éparses. Ce geste que je faisais tous les jours de ma vie, je l'avais oublié, et l'idée même de me colorer la peau m'a paru absurde. J'ai vu mon visage d'enfant, dans un flash, couvert de maquillage. Je devais avoir cinq ans. J'avais fouillé dans la merveilleuse trousse interdite et sorti les fards, les crayons, les tubes de rouge. Je m'étais peint les lèvres et le contour des yeux. Puis toute la peau, pour camoufler les bavures. Je n'avais pas entendu ma mère entrer. Je l'ai aperçue dans le miroir, qui me regardait. Sentiment d'une faute très grave. Le rose bouillant sur mes joues et la prophétie d'une gifle.

Le téléphone a sonné. C'était le directeur de l'école.

« Je vous appelle en vitesse avant de partir à l'enterrement de la petite Passereau. Mon rôle est de protéger les élèves qui sont dans un état de choc terrible, vous vous en doutez. Je dois faire en sorte d'éviter les impairs… les maladresses… Et tout ce qui pourrait causer des souffrances supplémentaires à la famille de Laëtitia. Donc je me permets de vous appeler pour m'assurer de votre coopération. Naturellement, vous comprenez que votre présence n'est pas souhaitable.

Je n'ai même pas besoin de vous dire ces choses-là. Je connais votre intelligence et votre sensibilité. Et bien sûr, vous serez avec nous : nous serons tous réunis par la prière. »

L'école a rouvert ses portes six jours après l'accident. M. Wolcott m'a reçue dans la partie de son bureau réservée aux invités. Il m'a servi une tasse de café sans m'avoir demandé si j'en voulais. Nous étions face à face, sur deux fauteuils en faux cuir blanc, froids et collants, séparés par une longue table en verre. « Avant toute chose, je tenais à vous donner des nouvelles de l'entourage de la petite. Les Passereau font preuve d'un courage et d'une force admirables. Leur famille et leurs amis sont arrivés de France. C'est un couple uni et très entouré. C'est la chose la plus importante quand on traverse une épreuve pareille. »

M. Wolcott m'a parlé de la douleur que ressentaient les parents de l'école. *En particulier les mères. Parce que*, m'a-t-il expliqué, *les mères sont les seules à savoir que perdre un enfant, c'est tout perdre.* Il voulait que je sois *rassurée sur un point essentiel* : deux psychologues – l'une anglophone, l'autre francophone – rencontreraient les enfants dans la salle de musique où ils pourraient librement parler du traumatisme qu'ils avaient vécu. Et comme si c'était une information secondaire, il a dit qu'il serait *par ailleurs préférable* que je n'enseigne plus dans l'établissement. Il ne se le pardonnerait jamais, jamais, jamais (chaque *jamais* était accompagné d'un coup de tasse sur la table en verre) si je devais subir des attaques de la part des élèves. Les enfants n'étaient que des enfants : ils ne sauraient pas faire la part des choses. J'étais un professeur *hors du commun*. L'atelier de comédie musicale était – et *je ne devais pas en douter un millième de seconde* – une des plus grandes réussites pédagogiques et artistiques de l'histoire de l'école. Seulement que ferions-nous si un matin je découvrais une lettre dans mon casier ? Une lettre anonyme qui – *imaginons le pire* – me traiterait de meurtrière ? Comment faire face ? Comment pourrais-je travailler dans ces conditions ? Ça lui semblait inconcevable. Il avait pleinement conscience que la situation était, pour moi aussi, *on ne peut plus délicate*. Il me conseillait de penser à moi. D'être même *un peu égoïste*. Je devais m'accorder un temps de repos et réfléchir à ce qui serait le plus judicieux, *en termes de lieu de vie*, pour retrouver une tranquillité, à laquelle j'avais le droit de prétendre, *autant que la famille de la petite Laëtitia*. Parfois un déménagement, un nouveau paysage, une nouvelle région permettaient de repartir à zéro.

Il aurait dû rougir. Toute la honte était de mon côté. Je gardais les yeux sur ma tasse. En sortant de son bureau, j'ai voulu le traiter de lâche et m'en prendre à son visage, le griffer. Mais je lui ai serré la main : « Vous direz aux enfants que je pense beaucoup à eux. »

À devenir folle.

C'est à devenir folle.

Si Josh, le plus jeune fils de Kelly, n'avait pas dit : « J'ai mal au cœur. »

Si je n'avais pas baissé ma vitre pour lui apporter de l'air frais.

Si la guêpe n'était pas entrée dans le van.

Si elle était entrée mais ne s'était pas posée sur mon poignet.

Si elle était aussitôt ressortie, attirée par un autre parfum : les fleurs dans les bacs en ciment à l'entrée du parking, la tartine de confiture d'un enfant sur les marches de l'école.

Ou bien si la guêpe s'était posée sur mon poignet, mais quinze secondes plus tôt.

Si je n'avais pas tourné la tête pour la faire décamper.

Si j'avais pu regarder les enfants sortir, jusqu'au dernier.

Si j'avais vu Laëtitia s'accroupir et disparaître.

Ou bien si Laëtitia n'avait pas perdu l'équilibre en sortant du van, si la lunch-box ne lui avait pas échappé des mains.

Ou bien si la lunch-box, en tombant, avait glissé dans une autre direction.

Ou bien si Laëtitia avait oublié sa lunch-box chez elle, comme ça lui arrivait si souvent.

Comme ça avait failli lui arriver ce matin-là.

Ou bien…

J'ai perdu mes élèves. Les leçons de piano se sont annulées les unes après les autres. Je ne répondais pas au téléphone. Les parents laissaient des messages sur le répondeur. C'était peut-être la mauvaise qualité de l'enregistrement qui déformait les voix, les rendait froides et fausses.

Jézu, je vous avoue que je suis très embêtée...

Après ce qui est arrivé...

Est-ce qu'il ne vaudrait pas mieux pour tout le monde que...

Déjà que Simon est un enfant maladivement sensible...

Ça n'est pas contre vous...

Inès n'a plus le cœur à jouer du piano...

Laisser un peu d'eau couler sous les ponts...

Parmi les voix, il y avait celle de David, lente et enroulée dans la fièvre :

Sarah. Je ne pourrai plus venir. Pardon.

Il ne me restait plus qu'un élève : Clovis, l'écorché.

Quand il entrait dans mon salon, je sentais sa colère. Il était sorti du van juste après Laëtitia. Il avait tout vu et ne me regardait plus dans les yeux. Il allait directement s'asseoir au piano. J'avais la gorge pleine de larmes.

Clovis avait toujours perçu instinctivement les contradictions magiques du piano : rester calme pour exprimer la fougue, multiplier les nuances dans les phrases sans relief, garder les mains souples pour lancer les notes *piquées* et le corps immobile pour insuffler aux doigts leur vitesse prodigieuse. Ce samedi-là, je lui faisais travailler une *Étude de virtuosité* de Moritz Moszkowski. Il la jouait tout en accents secs, avec des coups d'avant-bras et le corps tendu. Je lui ai dit qu'il pouvait me raconter tout ce qu'il voulait, même si ça n'avait aucun rapport avec Moszkowski, aucun rapport avec le piano. S'il voulait me parler de Laëtitia, j'étais là pour l'écouter. S'il m'en voulait d'avoir joué un rôle dans l'accident, il pouvait me le dire. Clovis faisait comme s'il n'entendait pas. Il écrasait les touches, il se mordait les lèvres. Je mordais les miennes pour ne pas pleurer.

Solène

Je ne dors plus jamais. Le médecin dit que je me trompe. Que je finis forcément par lâcher prise et trouver le sommeil. *Sinon vous seriez déjà morte.*

J'étais devant une pyramide d'oranges de Floride quand j'ai entendu : « Ça doit être horrible. Il n'y a pas plus horrible. » Et j'ai immédiatement deviné de quoi parlaient ces deux femmes appuyées à la barre de leur caddie. Je les ai écoutées, je n'aurais pas dû. C'était plus fort que moi. Elles m'appelaient *la mère de la petite* ou même Solène, alors que je ne les connaissais pas. Elles étaient tellement absorbées par leur conversation qu'elles n'ont pas vu l'héroïne de leur histoire, juste sous leur nez. La discussion tournait autour du point suivant : la mère allait-elle attaquer la conductrice en justice ? Pour *la mémoire de la petite*, il fallait qu'elle le fasse. D'accord, Mme Hopkins n'avait pas consommé d'alcool ou de drogue ; les analyses de sang l'avaient prouvé. Mais elle avait commis une faute grave. Une faute d'inattention criminelle. Elle aurait dû vérifier que les enfants montaient les marches et entraient dans l'école. Elle n'aurait jamais dû les quitter des yeux. Et puis franchement : ne pas se rendre compte qu'on écrase un corps ! Il faut quand même le faire !

La voix est devenue plus chaude, suave et murmurante : « Il paraît que le torse de la petite a explosé sous le poids de la roue. C'est affreux. »

J'ai eu un désir de fracture d'os. J'ai voulu m'avancer et attraper la femme par les cheveux, son chignon blond dans mon poing, et lui briser le front sur le bord métallique de son caddie. La bouche pleine de salive noire, j'ai formulé un vœu. Faites qu'elle perde un jour sa fille, son fils, son bébé, pour qu'elle ne parle plus de la mort d'un enfant avec ce ton de pitié jouissante.

J'ai laissé mon caddie en plan et j'ai quitté le supermarché. Les deux mères n'ont rien remarqué.

Une euphorie érotique entoure toujours les catastrophes. De toutes les jouisseuses que j'ai connues à ce moment de ma vie, Carolina Jackson a été la plus obscène. J'ai ouvert la porte et elle s'est faufilée dans mon salon, mal élevée comme un chat qui est partout chez lui. Avant de s'asseoir, elle a voulu me prendre dans ses bras, contre sa poitrine énorme. J'ai pu parer le coup en dégainant un bras raide pour lui serrer froidement la main. Elle en a profité pour piéger mon poignet entre ses doigts moites :

— Ça ne sera pas arrivé pour rien ! Pas question ! Votre petite Laëtitia aura semé des graines en s'envolant !

— Laëtitia ne s'est pas envolée. Elle est morte.

Carolina s'est laissée tomber dans un fauteuil et m'a adressé un sourire indulgent, monstrueux.

— J'ai de l'admiration pour vous, Solène. Vous appelez les choses par leur nom. Vous êtes forte. Je vous sens très forte.

Carolina m'a dit qu'elle ne passait pas une minute de ses journées sans penser à moi. Elle ne pouvait *même pas se figurer mon état de dévastation.* « Je pense aussi à David. Les hommes ne sont pas comme les femmes. Ils se cachent pour souffrir. »

Carolina était experte et amoureuse du malheur. Elle parlait les yeux écarquillés, brillants de douleur et de délectation. D'un geste de prestidigitatrice, elle a tiré d'un pan de sa veste une feuille tapée à la machine. « Solène, je ne suis pas venue les mains vides. Tous les parents que j'ai contactés l'ont signée. Sans exception. » Carolina m'a promis que tout allait changer. Plus personne ne pourrait accompagner un groupe d'enfants à l'école sans avoir signé un contrat l'engageant à respecter des règles de sécurité extrêmement strictes. Chaque année, il y aurait un stage de formation rigoureusement obligatoire à la fin du mois d'août. Ce qui était arrivé à Laëtitia ne se produirait plus jamais. Est-ce que ça n'était pas un soulagement fantastique de penser que les enfants ne risqueraient plus rien sur le chemin de l'école ? Est-ce que ça n'était pas, pour moi, une grande joie ?

La joie était comme Laëtitia. Absente du monde.

Les autres enfants, je ne voulais rien savoir d'eux. Ils se pendaient au cou de leur père avant de quitter la maison et s'asseyaient tous les jours à la même place dans le bus et ouvraient leur lunch-box sous les arbres de la cour de récréation et pensaient à leur mère dans le vacarme du réfectoire les jours de pluie, et s'échangeaient des cailloux, et attrapaient des poux, et grattaient les croûtes sur leurs genoux, et apprenaient que caillou, genou et pou prenaient un *x* au pluriel, et récitaient leur fable devant la classe, *Les tourterelles se fuyaient : Plus d'amour, partant plus de joie*, le tambour du trac dans la poitrine, les doigts pinçant le tissu de la jupe, et ils traversaient leur jardin en courant à la fin de la journée, la lunch-box vide et légère au bout du bras, le cartable sursautant dans le dos, et ils ouvraient la porte et ils criaient *Maman !* et ils annonçaient qu'ils avaient eu A en récitation. J'aurais préféré que tous les enfants meurent avec Laëtitia.

Carolina a sorti de son sac un stylo et me l'a présenté, sur le plateau de sa paume, comme on donne un morceau de sucre à un cheval. « Pour que ça n'arrive plus jamais. » Son sourire, sa pitié dégoûtante. J'ai dit non, paisiblement, et Carolina, en écho, a répété « Non, non, ça n'arrivera plus », et quand elle a compris que mon *non* avait un autre sens, et que je n'allais pas signer sa *Charte de l'accompagnateur*, un seau s'est déversé sur sa tête, qui a emporté sa coiffure et les traits de son visage. J'ai vu une gueule méchante et furieuse, mais je ne l'ai vue qu'un instant : Carolina avait déjà remis son masque de fausse bonté.

— Je comprends, Solène. Je comprends parfaitement.

J'ai reçu cent quatorze lettres de condoléances. Parfois c'étaient quelques mots au dos d'une image. Parfois plusieurs pages d'une écriture serrée. Je ne pouvais pas les lire. Dans certaines enveloppes, je trouvais des photos. Laëtitia avec une camarade de classe, bras dessus, bras dessous. Laëtitia en équilibre sur un skateboard, un bandeau éponge sur son grand front pâle. Laëtitia en doudoune rose et cagoule de ninja. Laëtitia l'hiver. Laëtitia l'été. Laëtitia posant devant l'école, sa lunch-box à la main. *Sa lunch-box à la main.* La photo était accompagnée d'un mot qui disait : *Un petit ange nous a quittés.* Les gens ne savent pas le mal qu'ils font.

Au début, les lettres arrivaient chaque jour. J'avais une idée étrange, une certitude : si je lisais ces phrases qui parlaient de la mort de Laëtitia, Laëtitia en mourrait. Les lettres allaient la tuer. La psychologue envoyée par l'école m'avait dit que ma réaction était normale, que je ne devais pas m'inquiéter et croire que je perdais la raison. J'étais simplement en train de résister. Jusqu'au jour où quelque chose lâcherait et où je verrais *la réalité telle qu'elle est.* La psychologue était comme les lettres de condoléances : elle tuait ma fille.

Je me souviens de cette nuit où j'ai réveillé David. Ma main brillait dans le noir et lui secouait le bras. Je lui ai dit que nous n'avions de comptes à rendre à personne et que nous pourrions continuer à vivre avec Laëtitia, sans que ça se sache. Juste entre nous. Un jeu et un secret. Je n'étais pas folle. On ferait comme si elle était là. Le soir, quand il rentrerait à la maison, je pourrais raconter à David la journée de Laëtitia. Les bulbes d'iris qu'elle m'avait aidé à planter dans le jardin. Le racoon qui avait encore attaqué notre poubelle derrière le garage et que Laëtitia avait chassé avec le tuyau d'arrosage en le traitant de *sale bête très belle.* Je n'avais rien à inventer. Je connaissais Laëtitia par cœur, sa façon d'être et de parler. On irait dans sa chambre, le soir, dans le noir, et on se pencherait sur son oreiller, on l'embrasserait. On ferait comme si. Le parfum des draps nous la ramènerait. On y croirait à moitié, et ça serait merveilleux. On lui chanterait à deux, en canon, l'air qu'on lui a toujours chanté. *Dans la forêt lointaine, on entend le coucou.* On irait se promener avec elle dans les bois, au bord du lac. Elle serait toujours loin devant, à courir et à sauter, ses bottes de pluie et son K-Way hors de notre vue. On lui crierait de nous attendre. Il suffisait qu'on soit deux à jouer pour qu'elle soit encore là. On ne dirait rien aux autres, parce que ça leur ferait peur et qu'ils seraient incapables de comprendre. Après tout, il y a des gens qui sortent dans la ville avec une cape et un masque. Il y a des gens qui grimpent sur un banc public et qui crient : « Il nous a sauvés ! Il est ressuscité ! » Il y a des gens qui parlent tout seuls dans la rue, se disputent avec eux-mêmes, se mettent à rire, se tapent la tête avec les mains, et on les laisse tranquilles. Qu'est-ce que ça peut faire d'être un peu fou ? Du moment qu'on peut encore mettre le couvert pour trois et appeler du bas de l'escalier : « Laëtitia ! Le dîner est prêt ! Mets des chaussons ! »

David a pris un livre sur la table de chevet et l'a jeté contre le mur. Il s'est écrasé par terre, comme un oiseau tué d'un coup de carabine, les pages déployées. Je suis descendue au salon et j'ai sorti les lettres de condoléances. Je les ai toutes lues. Le mot *mort* n'était nulle part. Laëtitia était partie. Nous l'avions perdue. Elle avait disparu. Elle nous avait quittés. Elle était au Ciel. Elle était dans nos cœurs. Elle était vivante pour l'Éternité. Elle avait rejoint les anges. Elle habitait le royaume de Dieu. Jamais, dans aucune lettre, Laëtitia n'était morte.

On m'écrivait que Laëtitia était mon portrait craché : elle était mon miroir, mon double, elle avait mon franc-parler, mes yeux, ma voix, on pouvait nous confondre. *Laëtitia, c'était toi.*

Chaque mot me blessait.

Après cinq semaines, je n'ai plus reçu de lettres.

Les hallucinations ont commencé une semaine après l'accident. Peut-être à cause des médicaments que le médecin m'avait prescrits. Un jour, les couleurs de la cuisine se sont délavées, comme sur une photo exposée longtemps au soleil, et j'ai vu flotter au-dessus de la table des bonshommes en céréale, une boîte de raisins secs et une main sur un front. Si ça n'avait pas été aussi effrayant, j'aurais pu en rire. J'ai reconnu les céréales de Laëtitia, la boîte de raisins secs de la marque Sun Maid que je mettais tous les jours dans sa lunch-box, et la main de David qui s'était posée à plat sur le front un peu chaud. Trois instantanés du dernier petit-déjeuner. Je pouvais fermer les yeux, tourner la tête, la secouer violemment, les images restaient là, stagnantes et sidérantes. Parfois j'entendais des bribes de phrases, qui venaient non pas de moi mais de l'extérieur. La voix théâtrale de Laëtitia : « Je crois que j'ai de la fièvre. » Ma voix fâchée qui crie : « Ta cuillère ! » Et celle de David, placide : « Je la trouve pâlotte. » Les répliques s'enchaînaient sans fin. Je crois que j'ai de la fièvre ta cuillère je la trouve pâlotte je crois que j'ai de la fièvre ta cuillère… Ça pouvait me prendre à n'importe quel moment. Quand je vidais le lave-vaisselle, étendais le linge, enfilais mes habits : presque à chaque fois que je laissais mon esprit se promener sans but précis. Pour déjouer les hallucinations, je devais prêter une attention insensée aux gestes les plus mécaniques. Quand les images surgissaient, cuillère-raisins-main, et il n'y avait plus aucun moyen de s'en débarrasser. Plus je me concentrais pour éteindre la vision, plus les couleurs se gorgeaient de lumière. Je découvrais de nouveaux détails : l'alliance à l'annulaire de David, les fines bulles de lait autour des céréales, les grappes bleues dans le panier d'osier que tient la femme dessinée sur la boîte de raisins secs. J'ai dit au médecin qui m'avait prescrit les calmants et les antidépresseurs qu'il se passait des choses anormales dans ma tête. Que j'étais attaquée par les images et par les voix du dernier petit-déjeuner que nous avions passé à trois.

Il m'a dit : « On est tous assaillis par notre passé, n'est-ce pas ? »

J'avais oublié de couper l'eau qui coulait dans la baignoire à l'étage. David et moi avancions face à face dans le couloir étroit qui passe sous l'escalier. Pour avoir la place de se croiser, chacun s'est déporté au dernier moment sur le côté. Comme nous avons choisi le même côté, David s'est pris mon front dans le menton et a lâché un « Solène ! » qui suggérait que j'étais responsable du choc. La rage m'est montée aux lèvres. « Elle avait de la fièvre ? J'aurais dû t'écouter ? Elle aurait dû rester à la maison ? Je l'ai tuée ? C'est ce que tu te dis, dès que tu me vois ? »

Nous avons tourné la tête en même temps, vers un bruit feutré et inhabituel. Des dizaines de litres d'eau descendaient l'escalier, en charriant des meringues de bain moussant, que nous regardions, sans réagir.

J'ai arrêté de prendre les médicaments. Les bleus qui *calment l'anxiété* et les blancs qui *empêchent de sombrer dans une mélancolie trop dure.* Je me revois encore demander agressivement au médecin : « Ça marche à tous les coups ? Quand son enfant est mort, ça marche aussi ? »

27 juin 1986, Mikiwam.

N'approchez pas vos baumes
Ne me consolez pas
Ne faussez pas mon chagrin
Ne pillez pas ses cabanes

Je porte ma peine à bout de forces

Tristesse méprise les marchands
Tristesse maudit les embellies
Tristesse sait sa pure puissance d'étreinte

Aussi fort qu'elle me serre, je serre
Elle double le flot de mon sang

Tristesse est la chair de la chose perdue
Tristesse est ce qui reste du bonheur
Ne touchez pas à un seul de ses cheveux

J'ai reçu une lettre pendant l'été. Au dos de l'enveloppe bleue : son nom. Sarah Hopkins.

D'abord j'ai cru que j'allais la brûler, au-dessus de l'évier de la cuisine. Finalement je l'ai noyée. Dans l'eau l'enveloppe est devenue molle, les lettres d'encre ont bavé et disparu, comme si rien n'avait jamais été écrit. L'enveloppe s'est délitée entre mes doigts. Je l'ai pétrie, je l'ai doucement roulée sous mes pouces. Des lambeaux de papier se détachaient comme des brins de laine mouillée. Sur le papier à lettres, l'écriture se cramponnait mieux que sur l'enveloppe. Les mots résistaient. J'ai vu un « Je ».

Elle est vivante. Elle, elle peut écrire Je.

Au début, je ne lui en ai pas voulu. Jézu avait déposé les enfants en bas du grand escalier en brique, là où il ne peut rien leur arriver. Elle leur avait souhaité une bonne journée. Pas à tous en même temps. Chacun son tour. Chacun son prénom.

Have a nice day Laëtitia. Jézu est la dernière personne à lui avoir parlé. Elle a regardé dans les rétroviseurs et, comme elle n'a rien vu d'inquiétant, elle a redémarré. À sa place, moi aussi j'aurais redémarré. Tout le monde aurait redémarré.

D'ailleurs, au début, je ne pensais pas à Jézu. Avant d'entrer dans la chapelle, quelqu'un – je ne sais plus qui, je n'ai presque aucun souvenir de la cérémonie – m'a dit, sans la nommer, qu'*elle* ne serait pas présente. Que *je n'avais rien à craindre.*

Seulement, une nuit, Jézu s'est jetée dans mes pensées. J'ai vu la scène de l'accident telle qu'elle s'était déroulée, seconde par seconde, et j'ai su que Jézu avait regardé ailleurs. Si elle avait, d'un simple coup d'œil, embrassé le groupe d'enfants qui venait de sortir de son van, elle aurait su qu'il en manquait un. Elle aurait vu qu'ils étaient cinq, comme les doigts de la main, et non pas six, comme dans une boîte d'œufs, comme les branches des cristaux de neige, comme les jours de la Création. Six, mon Dieu, six. Quand on s'occupe d'enfants, il faut toujours compter. C'est la règle d'or. Chaque enfant vaut le monde entier. En oublier un, c'est les oublier tous. Quand on aime, on compte les enfants. Sans même y penser, je les ai toujours comptés quand ils sortaient de ma voiture : Josh, Louis, Nicky, Clovis, Émilie et Laëtitia. Six enfants entièrement. Six fois la vie. Jamais je n'aurais redémarré ma voiture sans m'être assurée que les six étaient bien six. Et qu'ils montaient l'escalier vers la porte de l'école, avec leurs six cartables et leurs six lunch-box. Jézu n'y pouvait rien si Laëtitia s'était glissée sous son van.

Mais elle y pouvait tout, elle y pouvait la vie et la mort, de n'avoir pas su compter jusqu'à six.

Alors la haine est venue par bouffées démentielles. Elle me tordait d'abord le bas du ventre, comme des douleurs de règles. Puis me desserrait les mâchoires, m'ouvrait la gueule, et je me mettais à lui parler, à elle, penchée sur mon escalope de poulet qui cuisait dans la poêle : « Je vous hais. Vous n'avez pas regardé. Vous n'avez pas compté. » La chair du poulet devenait blanche. « Vous avez roulé sur elle, vous avez fait exploser ses organes, vous devriez crever. » J'avais envie qu'elle souffre et j'ai eu une idée. Ma voisine Kelly avait créé des « groupes de parole » à l'hôpital de Pessahee, réservés à des hommes condamnés pour agressions sexuelles. Il suffisait de lui demander le numéro de téléphone d'un de ces types à qui on donnerait 1 000 dollars. Il frapperait à la porte de Jézu. Il lui couperait les joues au couteau, il déchirerait ses habits. Il se déchaînerait et il se viderait. Il laisserait sur son ventre une ordure rose de sperme et de sang. J'ai posé ma paume à plat à côté du poulet. Elle a grillé au fond de la poêle. J'ai hurlé à la mort, la main en torche de douleur. Et le démon de haine s'est enfui.

S'il fallait ordonner les sensations de deuil en les classant de la plus tenable à la plus inhumaine, ce sont mes rafales de haine que je placerais au sommet. Ou bien je suis une incarnation du mal, ou alors tout le monde est capable d'avoir un jour des désirs immondes. Mon esprit a fabriqué des scènes de torture. Les ongles de Jézu. Ses paupières déchirables. Les lobes de ses oreilles, sa langue, les saccades paniquées de ses mains, ses râles. Pas des râles de bête sauvage, des râles humains. Pour sortir de mon film d'horreur, je devais me blesser moi-même. Me frapper ne suffisait pas. Il fallait que je me brûle. Briquet, eau bouillante, huile au fond d'une poêle. Puis c'était le vertige à s'évanouir. Je restais au sol, K.O. Je n'osais pas regarder autour de moi, de peur de voir ce que j'avais imaginé. Je me répugnais.

Sarah

Un samedi, Clovis a refusé de toucher le piano. Il est resté assis devant les touches froides. Sans le regarder, je lui ai parlé, comme si je lui écrivais une lettre.

— Clovis, plus personne ne vient me voir. Tu es le dernier. Tu as mal, tu as de la rage. Je suis aussi mal que toi et tu le sens, parce que nous avons la même maladie : nous voyons sous la peau des gens. C'est une belle maladie épuisante. Ça doit être ton père qui te l'a refilée. Comme tous les artistes, il voit trop. J'imagine que mon père aussi voyait trop. C'était un Américain amoureux de ma mère. Je ne sais pas s'il m'a vue naître. Je ne sais rien de lui. Ma mère l'a quitté quand j'étais bébé. Elle m'a dit qu'il s'appelait George. Elle m'a dit qu'il s'appelait Jack. Elle m'a dit qu'il s'appelait Daniel. Elle m'a dit qu'elle ne se souvenait plus vraiment et que ça n'avait aucune importance. Que c'était juste un *pauvre poète pauvre*. Et qu'il ne nous manquait pas. Et moi, Clovis, chaque nuit, je cherche le sommeil. J'ai cette pensée qui revient comme un refrain : si j'avais grandi avec un père, j'aurais été une autre, j'aurais suivi une autre voie et habité une autre ville. Je n'aurais pas été au volant de ce van, devant cette école, ce matin-là.

Solène

Souvent j'allais au bord du lac. Pas sur les planches de bois, où sont les promeneurs, les vendeurs de glaces et de hot-dogs, le parc d'attractions à l'abandon, la montagne russe rongée par la rouille, les enfants, les frères et sœurs, les poussettes, le squelette de rorqual échoué sur le sable, la jetée sur pilotis avec, tout au bout, le Darling Lobster où l'on mange des fruits de mer plongés dans une sauce rose et sucrée. Surtout pas de ce côté-là. J'allais sur la langue de béton, entre le lac et la voie rapide épuisante de bruit. Les voitures me frôlaient comme des essaims de guêpes. Le vrombissement s'amplifiait et se fanait. Parfois une voiture klaxonnait en me dépassant. Peut-être pour me reprocher d'être là, en danger et dangereuse, au bord de la route. Ou juste pour me saluer. Il y avait différentes sortes de klaxons. Les camions à cheminées chromées poussaient des cris envoûtants de baleine. Je m'asseyais face au lac, le flot de la circulation dans le dos, qui me berçait et m'empêchait de réfléchir. Un goéland a atterri tout près de moi. Il tenait dans son bec un emballage avec le logo du Darling Lobster (un homard en robe du soir, à la bouche pulpeuse, un long fume-cigarette au bout d'une pince). J'ai été projetée en arrière, un jour de pique-nique à Long Island. Laëtitia avait neuf ou dix mois. Assise, le dos bien droit, elle ne portait qu'une couche et mordillait la clef de la voiture et son étui en cuir. « Elle va la perdre. Prends-lui la clef », m'a demandé David, tout en gardant la tête penchée sur son livre : *La construction du pont de Kinzua*. Au moment où j'ai dit : « Elles ne vont pas s'envoler », un goéland a fondu sur nous. On n'imagine pas la taille de cet oiseau. Il a attrapé Laëtitia par la couche, dans le dos, et il a réussi à la soulever. À peine, bien sûr. Quelques centimètres. Mais l'espace d'un instant, j'ai cru que le goéland emportait mon enfant dans le ciel, comme dans un conte. Nous l'aurions regardée, David et moi, pendue au bec, s'élever au-dessus des eaux, devenir de plus en plus petite et disparaître dans le ventre de la couleur bleue. J'ai lancé une bouteille d'eau sur l'oiseau, qui a reculé en sautillant. Il est resté à côté de nous, les yeux jaunes sur Laëtitia. D'un coup de raquette de badminton, David lui a fouetté la tête. Le goéland a déployé ses ailes spectaculaires, grises à pointes noires, sans s'envoler. Laëtitia ne s'était rendu compte de rien. Elle continuait de mâchouiller la clef de la Chevrolet, assise le dos toujours bien droit, face à la baie. Sa couche était déchirée à l'endroit de la morsure. Pendant quelque temps le goéland a rôdé autour de nous et de sa proie rousse. David n'a plus lu une seule ligne de *La construction du pont de Kinzua.* Il surveillait la bête voleuse d'enfant, la raquette de badminton bien en main, prêt à l'attaque. Il avait un air comique et inoffensif qui m'a serré le cœur. Il avait peur. Peur de ce qui pourrait surgir, un beau matin, du hasard, du bleu du ciel, et nous ravir notre fille.

Deux mois après la mort de Laëtitia, David me dit qu'il veut reprendre le piano. Il porte ce pull enfantin que je n'aime pas, avec des narvals.

— Reprendre le piano ? Tu n'as jamais arrêté. Tu joues tous les jours.

Il ne répond pas.

Ma bouche se remplit de salive. David veut retourner là-bas, s'asseoir à côté de la femme qui n'a pas compté jusqu'à six. Qui n'a pas regardé les enfants. Qui peu à peu y pensera moins. Qui un jour s'en remettra. Qui n'aura plus chaque nuit en tête l'image de Laëtitia couchée devant l'école dans une flaque. David veut jouer du piano à côté de la femme qui n'a pas compté. Qui pense sûrement qu'elle n'y est pour rien et qu'elle n'aurait pas pu empêcher ce qui est arrivé. Qui pense que c'est la vie. Ou pire que la vie : la faute de Laëtitia qui n'avait pas à faire une chose aussi dangereuse et aussi folle que de se glisser sous un van de mille kilos. David veut s'asseoir à côté de la femme qui toute sa vie pourra croiser des vans Dodge, des vans Chevrolet, des vans Chrysler, sans même les remarquer, sans penser à la cage thoracique de Laëtitia. Au bruit. Aux craquements. David veut s'asseoir à côté de la femme qui n'a pas d'enfant, qui ne peut pas comprendre, qui verra des filles de huit ans dans les rues, dans les bus, dans les centres commerciaux, sans voir Laëtitia à chaque fois. David veut s'asseoir à côté de la femme qui n'aura jamais la sensation effrayante d'étouffer au supermarché au moment où elle passe par erreur devant le rayon des lunch-box. La femme qui dormira profondément. Qui ira au cinéma. Qui mangera avec appétit ce qu'elle a toujours aimé manger. Qui n'évitera pas les gens. Qui ne refusera pas les invitations, les fêtes où l'on danse, de peur qu'une inconnue lui demande – et ça arrive toujours vite, car les gens n'ont pas d'autre question à la bouche – *Et vous, vous avez des enfants ?* David veut s'asseoir à côté de la femme qui a la vie devant elle, tandis que moi, je n'ai plus que des minutes. Un désert de minutes à perte de vue. Une minute devant le frigo ouvert en pleine nuit, l'air glacial sur le ventre. Une minute aux doigts tremblants, à peler une pomme. Une minute de douleur hurlante dans les tempes. Une minute à m'enfoncer les ongles dans les paumes pour déplacer la douleur. Une minute à voir Laëtitia en culotte, dans le jardin, qui se jette à travers le rideau en jets d'eau de l'arroseur automatique et crie de joie au contact du froid. Une minute à penser que je pourrais me libérer, en finir, descendre à la cave avec une ceinture et me pendre. Une minute dans la voiture à l'arrêt, sur le bord de la route, à tenter de me rappeler où je voulais aller. Une minute à relire quatre, neuf, quinze fois la même phrase d'un livre sans la comprendre. Une minute d'efforts insensés, à parler d'un ton enjoué au téléphone, pour que ma mère ne me dise pas *Tu as une mauvaise voix*. Une minute à me convaincre que je ne dois pas rester allongée, mais m'asseoir au bord du lit et me lever sans me poser de question. Une minute à essayer d'amorcer ce mouvement, en vain, les jambes en pierre, un poids effarant sur la poitrine. Une minute à regarder Dolly, la poupée sur laquelle Laëtitia a appliqué un jour un cataplasme de boue et de Coca-Cola. Une minute à réentendre les paroles que j'avais criées : « Tu sais combien elle a coûté, cette poupée ? 80 dollars ! Tu peux être fière de toi ! Tout ce que tu touches, tu le détruis ! », et à réentendre Laëtitia m'expliquer qu'elle voulait juste soigner la pneumonie de Dolly. Une minute à suivre le déplacement d'un insecte sur le miroir de l'entrée, à souffler sur lui, à observer le disque de buée rétrécir et disparaître entièrement. Une minute à me regarder dans le reflet du miroir, sans voir de visage, parce que mes yeux, mon nez, ma bouche, plus rien n'est relié.

Si tu retournes là-bas, je m'arrache les cheveux. Et en le lui disant, je tire sur deux longues mèches qui ne se décrochent pas à la racine mais s'effritent entre mes doigts, comme les cheveux d'une statue de plâtre. David dit qu'il est désolé. Il n'y retournera pas, il me le jure.

Pendant les grandes vacances, les Français rentrent dans leur famille, raconter le rêve américain. Ou bien ils visitent les États-Unis, louent des camping-cars avec cuisine, salle de bains, machine à glaçons, et traversent l'Ouest, de la Californie jusqu'au Wyoming. À leur retour, ils disent à toutes les personnes qu'ils rencontrent : on a fait Los Angeles, on a fait le Grand Canyon, on a fait Monument Valley, on a fait Zion, on a fait la Vallée de la mort, on a fait Yosemite, on a fait Las Vegas. Et vous, vous l'avez fait ? Ah non ? Il faut absolument l'avoir fait au moins une fois dans sa vie. On va vous montrer les photos.

En juillet, nous avions prévu un grand voyage en Floride avec Laëtitia. Elle rêvait d'aller à Cap Canaveral, la base d'où les fusées s'envolent dans l'espace. J'ai tout annulé. David a dit que j'avais tort. Il ne fallait pas *s'arrêter de vivre*. J'ai éclaté de rire. Un rire sec et méchant. C'était la première fois que je riais depuis la mort de Laëtitia.

De sa voix sûre, David proclamait : « On va traverser. On va y arriver. » Son espoir me rendait folle de colère. Il me parlait du cerisier à tailler, des cours de rock qu'on prendrait ensemble, du canoë qu'on remettrait à l'eau. Je ne lui répondais pas. Je revenais inlassablement au dernier jour de la vie de Laëtitia. Je répétais qu'elle serait encore là si elle était restée au chaud, ce matin-là, avec sa petite fièvre de rien, comme David l'avait voulu. Et je crachais mon feu : « Ça doit être merveilleux, non, d'avoir la conscience tranquille ? »

Kelly me faisait penser à un chat. J'aimais sa langueur princière. Je nous servais deux cafés américains, bouillants, d'un noir délavé. Je collais mes paumes sur la porcelaine du grand bol et la chaleur se diffusait comme une drogue. Kelly sortait une cigarette de son paquet mou et me montrait la porte-moustiquaire. Je lui faisais toujours le même signe de tête, qui voulait dire, ça m'est égal, tu peux fumer à l'intérieur, et je lui apportais un cendrier. Parfois je fumais avec elle. Parfois je m'amusais à imiter ses gestes. Le mouvement de ses doigts glissés dans la frange blond platine, pour la faire gonfler. Elle avait passé un diplôme de psychologie à Chicago et s'était mariée très jeune avec un ami de ses parents, négociant en céréales. Deux garçons étaient nés, Louis et Nicky. Le mari de Kelly rentrait toujours ivre et tard, et se félicitait de ne pas se mêler de l'éducation des enfants. Un jour, Kelly a fait ce qu'elle rêvait de faire depuis longtemps. Elle a vidé le compte bancaire commun et pris la fuite avec Louis et Nicky, accompagnée de Graham, son frère jumeau. Ils ont posé leurs valises à plus de mille cinq cents kilomètres de leur Illinois natal, à Mikiwam, au bord de la baie du détroit de Long Island. Kelly et son frère avaient le même visage, la même façon gracieuse et enfantine de se déplacer comme des chatons, le regard embué et rêveur. La première fois que je les ai vus ensemble, j'ai deviné le secret de leur vie. Kelly savait que je savais, et que jamais je ne poserais de question. Alors elle venait volontiers passer du temps avec moi, après sa journée de travail à l'hôpital. Pendant l'année qui a suivi la mort de Laëtitia, elle m'a rendu visite chaque jour. Elle n'avait aucune théorie sur le deuil, sur la vertu des grandes épreuves, ou sur l'amour maternel qui survit dans la mort. Elle n'avait pas de conseil à me donner. Elle n'avait pas d'horrible pitié dans les yeux. Elle ne venait pas boire ma douleur à petites gorgées. Elle me réconfortait sans rien faire. Elle était l'amie par excellence. Je me souviens de la beauté déformée de ses traits, les rides foncées entre ses sourcils, quand elle m'a dit, dans l'os du silence : « Ça me tue que tu aies mal. »

Kelly rentrait tôt de son travail et me rejoignait sans repasser par chez elle. Elle s'asseyait à la table de la cuisine et disait d'un ton tranquille : « Je pue l'hôpital. » Une fois par semaine, je lui retirais son vernis à ongles avec un dissolvant au parfum de fraise chimique, et j'appliquais une nouvelle couche de *rouge passion*. Je nous imaginais dans ma cuisine dix ans plus tard. Quarante ans plus tard. Comme ces vieux couples qui occupent toujours les mêmes chaises et s'en tiennent à quelques mots connus d'avance.

Un jour qui ressemblait aux autres, Kelly a gâché notre rituel.

— Tu sais, pour moi ? Tout le monde sait ?

À travers la porte vitrée j'ai regardé le carré de terre qu'on avait bêché avec Laëtitia, délimité à l'aide de piquets et baptisé *potager*, à la veille du printemps. Quand les premières pousses étaient sorties, je les avais arrachées et jetées dans le fossé. Laëtitia n'était plus là, mais toutes les graines qu'on avait semées au hasard, sans méthode, sans espoir particulier, avaient trouvé le moyen de vivre. Ça m'était insupportable.

J'ai répondu oui, sèchement, pour que Kelly n'aille pas plus loin sur ce chemin-là. Mais elle a demandé, la voix bouleversée :

— Tu penses que je suis une personne mauvaise ?

J'ai eu un geste agacé qui voulait dire : je m'en fous de ces histoires.

Kelly a dit qu'elle irait en enfer.

Je ne reprochais rien à Kelly, seulement je ne voulais pas entendre parler d'amour et des profondeurs de la vie. Tout ce qui était intime était vénéneux. Je traversais les heures de la journée en restant sur mes gardes. Je faisais tout pour éviter que les gens m'adressent la parole. Si je les laissais faire, ils ne pourraient pas s'empêcher de me raconter leurs activités familiales anodines et violemment heureuses. En les écoutant, je tomberais dans un puits.

Parfois je formulais cette pensée : ma fille est morte. C'était une phrase fausse. Seule la douleur était réelle. Une douleur en expansion, qui voulait habiter partout, régner sur le visible et l'invisible, sur le jour et les rêves. La douleur jaillissait d'une cuillère, elle jaillissait d'un air à la radio, d'une odeur de lessive, d'une barrette à cheveux retrouvée entre deux coussins du canapé. Je menais une lutte permanente pour que le malheur ne conquière pas tout mon territoire. Et pour cela, je devais envelopper les pensées dangereuses d'une ouate blanche. Faire uniquement les choses qui ne me rappelaient rien et qui m'occupaient les mains. Le monde s'est divisé en deux clans. Les personnes qui me disaient qu'il ne fallait pas que je me laisse aller et celles qui se croyaient plus malignes et magnanimes que les premières, et qui me conseillaient de lâcher prise. Celles-là étaient criminelles. Car rien ne doit être lâché. Il faut régler le réveil à la même heure qu'avant, même si ça ne sert à rien. S'habiller sans raison. Prendre une douche sans plaisir. Tout faire à contrecœur, mais le faire. Ne pas se laisser aller aux souvenirs. Rester à distance des photos, des cahiers de classe, des dessins, de l'odeur de Laëtitia piégée dans un T-shirt. Coûte que coûte et sans états d'âme, s'abrutir de sommeil, de médicaments, de télévision, de jogging, ou de ménage. J'ai choisi le ménage. Je nettoyais jusqu'à la folie. Tout ce qui pouvait, avec de l'imagination, se nettoyer, je le nettoyais. J'ai nettoyé la chaudière dans la cave. J'ai nettoyé les motifs hexagonaux d'un ananas. J'ai appris à fuir tout ce qui rappelle l'amour. Fuir les romans, les promenades, la musique, le cinéma. Ne pas tenir de journal intime. Ne pas dessiner dans un carnet. Ne pas chanter de chansons. En revanche : fumer des cigarettes. Si on n'a jamais fumé, s'y mettre. Mais éviter l'alcool qui n'est d'aucun secours, y voit trop clair, nous attache à nous-même, nous plonge la tête au fond de notre tête. Quant à la télévision : s'en méfier. Choisir les bons programmes. Les premiers temps, je regardais des documentaires animaliers. C'était la beauté et le passe-temps rêvés. Un colibri en vol stationnaire dans la gueule ouverte d'une fleur. La course d'un guépard et la perfection mobile de ses taches noires. Un pangolin dans son armure de samouraï aux écailles laquées. Un groupe de lions, après la chasse, qui forment un tableau de danseurs au repos. Je ne prenais pas de risque. Je coupais le son pour ne plus entendre la voix off qui disait : « La mère, qui craint pour ses petits, guette l'horizon, tandis qu'entre les herbes hautes, une hyène... » Mais un jour il y a eu cette loutre flottant sur le dos, formant un radeau de fourrure pour son petit qu'elle avait allongé sur son propre ventre. Elle embrassait sa tête, le caressait, le serrait entre ses pattes insatiables, n'en finissait pas d'enfouir son museau dans le minuscule cou. L'évidence de sa tendresse m'a dévastée. C'est difficile à dire et ça n'est pas ridicule : j'étais jalouse d'une loutre. Ce qui était donné à cette bête m'était refusé. J'étais chassée du monde. Tombée du règne animal. Pour ne pas sombrer dans le malheur fou, il fallait vite que je m'occupe les mains, que je nettoie, que je frotte, que je range aveuglément. J'ai couru à la cuisine. Tout était déjà impeccablement propre et rangé. Le carrelage brillait d'un éclat hostile. Je sentais les signes avant-coureurs d'une crise. Les objets rugissaient de couleurs. Je déplaçais les chaises, le micro-ondes, je cherchais un petit coin sale, des moutons de poussière, des traces de doigts que le soleil mettait d'habitude à nu sur les carreaux des fenêtres. Rien, je ne trouvais rien. Quand on range et qu'on nettoie avec une frénésie de droguée, on déteste arriver au bout de sa tâche. On n'en éprouve aucun soulagement. On est comme l'enfant qui a fini son puzzle et n'a pas de plaisir à le regarder. Alors on appelle. « Papa ! J'ai terminé mon puzzle ! Viens vite voir ! » Mais David ne vient pas. Il n'a pas envie d'interrompre sa lecture. Ses mots, il les lance de loin, à travers la maison : « C'est bien, ma Roussette ! Si tu veux, tu peux tout défaire et tout recommencer. » Je pensais à la loutre, la douceur étourdissante, la fourrure amoureuse, la laine des cheveux roux, le bonheur de se blottir, serrer son corps contre moi, *en échange de tout ce que j'ai*, pitié, la prendre encore une fois dans mes bras, dans les veines, un shoot de Laëtitia, à la vitesse de la lumière, et après je ne demanderai plus rien. J'ai attrapé un tiroir, j'ai tiré fort, je l'ai arraché, tout est tombé par terre, les couverts, les ustensiles, les piques à bigorneaux que Laëtitia aimait planter dans les pommes de terre crues – *je vais voir si elles sont douillettes.* Le vacarme sur le carrelage a calmé mes nerfs et à genoux j'ai commencé à tout remettre dans le tiroir, en emboîtant minutieusement les couverts les uns dans les autres, en me concentrant éperdument sur mes gestes, comme si je manipulais de la matière explosive. Je me suis dit que la cuillère à soupe que je tenais dans une main était la mère de la cuillère à café dans mon autre main. Alors j'ai hurlé : « Arrête ! » J'ai attrapé une pique à bigorneaux et au moment de la planter dans le dos de ma main, entre deux tendons saillants, j'ai retenu mon geste. J'ai rangé la pique à sa place, j'ai refermé le tiroir. Et personne ne saura jamais le nombre de ces victoires dérisoires et décisives.

La survie est une affaire personnelle. Comment survivent les autres, on n'en sait rien. Un matin, j'ai vu que David avait pleuré. Ma seule pensée a été : il a de la chance, il pleure. Il y arrive.

Je ne lui ai pas posé de question. Aucun sourire de réconfort. Les mains sur mon bol de café, j'ai fermé les yeux. Je sentais son regard sur moi. Il a dit : « Je t'en prie, raconte-moi l'accouchement. » Je suis sortie de la cuisine. Je l'ai entendu s'effondrer, hoqueter.

Été 1977. Un mois d'août au ciel de craie. David était parti en Inde pour rencontrer des éleveurs de gaurs, ces gigantesques bovins à cornes incurvées, blondes à pointes noires. La chaleur était écrasante. Je l'avais appelé depuis la cabine téléphonique devant la clinique. Une ligne de sueur coulait entre mes omoplates. J'avais des contractions métalliques, comme des coups de barre dans le ventre qui rayonnaient dans les reins. David avait dit :

« Tout va bien se passer. Tu vas t'en sortir comme un chef. »

Comme un chef.

Le médecin avait passé sa tête par la porte et il était reparti. J'étais seule avec une sage-femme aussi jeune que moi. Elle avait demandé : « Votre mari arrive ? » Une autre sage-femme nous avait rejointes quand la douleur était comme un arc-en-ciel au travers des os. Elle avait demandé à la première : « Et le mari ? »

David avait raison, tout s'est bien passé.

Le petit corps à la drôle de peau humide contre mon ventre. Mes mains qui n'osent pas serrer, qui se posent à peine. Son duvet de cheveux roux était tout gominé.

La sage-femme avait dit avec un grand sourire : « On se passe très bien d'eux ! »

Elle parlait des maris, des hommes médecins, des hommes tout court.

J'ai accouché seule et il doit y avoir une raison à cela. À tout ce qui arrive, il y a une raison. On m'a dit : « C'est un accident. » C'est quelques secondes. C'est la lunch-box qui tombe des mains de Laëtitia et se retrouve sous le van. C'est Laëtitia qui se glisse entre les roues, parce qu'elle ne va quand même pas laisser son déjeuner se faire écraser. On m'a dit : « C'était écrit quelque part. »

Des événements auxquels je n'ai pas prêté attention

ont entraîné d'autres événements. Il y a eu une chaîne de gestes, de décisions, et à la fin, Laëtitia est morte. Comme au théâtre, les drames se trament. Ils ont une genèse. On ne meurt pas sans raison. On ne meurt jamais de vieillesse.

La cuisine était le décor de la dernière scène et des derniers souvenirs. Elle m'attirait comme le lieu du crime. Je me suis assise à la table. Un crayon à la main, j'ai essayé de remonter la rivière des causes, aussi loin que va la mémoire. J'ai cherché les endroits de ma vie où ma route s'était séparée en deux. Toutes les fois où j'étais partie du mauvais côté, marchant sans le savoir vers la mort de Laëtitia.

Les juges et les tribunaux existent alors que personne n'a d'assez bons yeux pour retrouver une cause dans la forêt d'une vie. On ne voit jamais tout. On ne voit qu'un épisode. On voit un homme, sur une hauteur, qui ligature son fils, le couche sur l'autel, et lève une main et un couteau. On se trompe sur cet homme et sur l'amour qu'il porte à son enfant.

Sur le cahier, j'ai écrit en vrac : 6 juin 1970, avion pour Lima. Y. me quitte. Désespoir. / Je rencontre D. dans le bus entre Lima et Pisco. / D. dit qu'il ne veut pas d'un « grand mariage ». Il veut quatre témoins et un maire. / 7 septembre 1974, mariage. Je deviens Solène Passereau (jamais aimé ce nom). / Études de droit. / Bibliothèque universitaire tous les soirs après les cours. / Passion pour le droit de la responsabilité civile. / Je tombe enceinte. D. dit : « On n'aura pas été tranquilles longtemps. » / Pour le prénom, hésitation entre Julien et Raphaël. / D. travaille beaucoup, rentre tard. Solitude. / D. rencontre des propriétaires de haras, dresseurs, éleveurs, directeurs de zoo. S'associe avec des entreprises de pompes funèbres. S'occupe du transport des animaux et des relations avec les familles en deuil. De plus en plus de clients. Ils veulent des chevaux, des tortues géantes, des aigles, des ibis… (D. dit : « Ils ont le syndrome de l'arche de Noé. ») / Un millionnaire japonais commande cent flamants roses pour l'enterrement de son fils. / D. gagne de mieux en mieux sa vie. / Avant un voyage d'affaires en Inde, il se met à genoux et parle à mon gros ventre : « Pas de blague, Julien. Tu attends mon retour. » / Le bébé naît avec dix-sept jours d'avance. C'est une fille. / Je choisis seule son prénom. / D. rate les premiers jours de la vie de Laëtitia. / Je commence ma thèse sur *La théorie de la causalité adéquate.* Je veux être prof de droit. / D. dit que les opportunités sont meilleures aux États-Unis (pour lui ou pour moi ?). / Toilettes de l'aéroport, Laëtitia dans le porte-bébé. Je pleure. Impossible de me calmer. Une femme demande si elle peut m'aider. Elle me tend une boîte ronde de réglisses Cachou Lajaunie. / Les affaires de notre déménagement sont acheminées par bateau. On apprend qu'elles sont bloquées dans le golfe du Mexique. Quand elles arrivent enfin, il manque le carton avec mes livres de droit. D. dit : « C'est le signe que le droit, ça n'est pas pour toi. » (Il le dit en riant, mais il le dit.) / J'appelle chez les parents d'Y. Je tombe sur lui, je raccroche. / Laëtitia entre au jardin d'enfants. / Je décide de reprendre ma thèse. Je commande des livres qui mettent des semaines à arriver. D. dit : « Ça te fera du bien. Tu tournes en rond. » / Nous habitons loin de l'école franco-américaine, en dehors du parcours du bus scolaire. / Le directeur de l'école me propose un arrangement : je pourrai déposer Laëtitia à l'angle de Lake Road et de Chapel Road où le bus marquera un arrêt exprès pour elle. D. s'y oppose. Il ne veut pas que Laëtitia se lève plus tôt et passe quarante minutes dans un bus alors que je pourrais l'accompagner *d'un coup de voiture*. On se dispute. Il dit : « C'est pas vingt minutes de bagnole qui vont t'empêcher de faire ta thèse. » / J'organise un système de ramassage scolaire avec d'autres parents du quartier, et S. H., la prof de musique de l'école, qui accepte d'accompagner les enfants tous les jeudis et vendredis. / Je n'arrive pas à me mettre à ma thèse. Estomac qui se tord quand je vois les manuels de droit sur mon bureau. Je les range en haut de l'armoire. / Je m'inscris à un atelier pâtisserie et à un atelier patchwork avec d'autres mères françaises. / Je pense à Y. / J'écris à mon directeur de thèse pour lui dire que je mets mes recherches entre parenthèses. / Je propose à D. de faire un autre enfant. / J'accompagne la classe de Laëtitia à la piscine de Mikiwam, au Museum d'histoire naturelle de New York et au zoo du Bronx. / Je ne tombe pas enceinte. / Le médecin qui m'examine dit que tout est normal. / Séjour en France. Je rencontre Y. par hasard. / Coïncidence dingue : il va convoyer un bateau vers Port Chester. / Il me dit que quand il repartira il y aura à bord de son bateau ce qu'il a de plus précieux au monde. / Retour à Mikiwam. / Je suis nerveuse, j'ai des insomnies. / D. me raconte qu'un Californien de vingt-six ans, d'origine indienne, a commandé quatre éléphants pour son propre enterrement. Il a payé tous les frais d'avance. D. me dit : « Au moins il sait qu'on n'a jamais la vie devant soi. » / Je ne parle pas à D. de la venue d'Y. / Y. m'appelle à son arrivée à Port Chester : « Madame, je serai là demain, à neuf heures, et je prendrai des œufs au bacon. » / Le lendemain, D. doit partir à Boston. J'ai peur qu'il croise Y. Pendant le petit-déjeuner il dit qu'il trouve Laëtitia pâlotte et qu'il vaudrait mieux qu'elle reste à la maison. Je crie à Laëtitia : « Tu fous du lait partout ! Tu n'es pas habillée ! Pas coiffée ! Mme Hopkins passe te prendre dans six minutes ! » / Elle oublie sa lunchbox en partant. Je la hèle à travers le jardin. Elle vient la chercher.

C'était un de ces matins de beauté féerique. En une seule nuit tout avait été enseveli sous la neige. J'avais couru vers la chambre de Laëtitia. Je voulais lui dire : « Mon amour ! Tu as vu par la fenêtre comme c'est beau ! » En ouvrant la porte, j'avais trouvé Laëtitia accroupie, badigeonnant le ventre en coton blanc de sa poupée toute neuve avec une potion à base de boue et de soda. J'avais crié : « Tu sais combien elle a coûté, cette poupée ? 80 dollars ! Tu peux être fière de toi ! Tout ce que tu touches, tu le détruis ! »

Ma colère venait d'un œuf. La veille, Laëtitia s'était pris les pieds dans son costume de ninja, et elle s'était affalée sur la commode, cassant l'œuf d'autruche que ma mère m'avait offert à la naissance de Laëtitia, et qui avait miraculeusement survécu au déménagement en Amérique.

En moi, tous ces souvenirs. Qui ouvraient des trappes vers d'autres souvenirs. Et je réalisais la plus étrange des choses : Laëtitia n'en avait plus, des souvenirs. Les histoires avant de dormir, les cabanes dans le squelette du rorqual sur la plage, la femelle racoon qui avait accouché dans notre garage et nous regardait l'air apeuré : pour Laëtitia, tout avait disparu. C'était comme si rien n'avait jamais eu lieu entre elle et le monde.

Je suis entrée dans cette pièce qu'on appelait, je ne sais pas pourquoi, le fumoir. Les murs étaient couverts d'instruments de navigation et de cartes anciennes du détroit de Long Island et de la baie de Passamaquoddy. David avait amassé des centaines de livres consacrés à la construction de barrages, de routes de montagne, de ponts et de chemins de fer. Je l'avais surpris un matin, en pyjama, assis en tailleur comme un petit garçon jouant au train électrique. Il lisait *La grande histoire du barrage Hoover sur le Colorado.* Je lui avais dit d'une voix aigre : « Et si tu lisais un vrai livre, un jour ? »

Je me suis assise dans le fauteuil qu'occupait toujours David. J'ai attrapé le premier volume à portée de main : le journal d'un certain Bruce Westermann, chef de chantier en Arizona. Dès les premières lignes, j'ai aimé son caractère courageux qui perdait souvent tout courage. Le 10 juin 1913, il n'écrit que quatre mots : « Je suis presque désespéré. » Je me sentais inexplicablement liée à cet homme qui devait percer une montagne pour y faire passer une route. Les catastrophes et les intempéries étaient quotidiennes. Des pluies torrentielles ravageaient le chantier. Un ouvrier tentait de se suicider avec la carabine qui servait à éloigner les coyotes. Une horde de rats s'introduisait dans le garde-manger et saccageait des semaines de nourriture. Une pelleteuse tombait dans le ravin, broyant la jambe d'un ouvrier. Je tournais les pages du journal, habitée d'une inquiétude ambiguë : je redoutais un nouveau drame et en même temps je l'espérais. Je voulais que Bruce Westermann surmonte les pires épreuves. Qu'il perde le goût de la vie et continue à vivre. Le 24 décembre 1913, il reçoit la lettre de rupture de sa fiancée qui lui inspire ce commentaire solide et désemparé : « Maintenant je peux passer à autre chose. Mais à quoi ? »

Le journal était entrecoupé de reproductions de photos, parmi lesquelles un bal au charme hypnotisant, sous les étoiles du désert. Des cactus chandeliers décorés de guirlandes tendaient les bras vers le ciel. Des ouvriers dansaient avec des Mexicaines que le mouvement rendait floues. Il y avait aussi des hommes qui dansaient deux par deux. La photo était en noir et blanc mais je revois le rouge vif sur les lèvres des femmes. Je passais mon index sur leurs visages. Tous ces gens étaient morts sûrement depuis longtemps. Pourtant ils dansaient dans le désert, sous mes doigts, au-delà du temps. Je flottais dans un bonheur d'immortalité. Je ressentais la vie irréfutable de tous ceux qui avaient vécu : Bruce Westermann, les couples qui dansent sous la lune, et ma fille.

Je ne sais pas comment David se procurait ces ouvrages ni comment était née sa passion pour cette littérature spécialisée. C'étaient des livres publiés chez des éditeurs inconnus, des archives municipales mal photocopiées, des mémoires d'étudiants en urbanisme ou en histoire qui présentaient en annexe des plans d'architecte, des permis de construire, des coupons-repas, des bons de commande de matériaux et de machines de chantier, des tableaux de présence faits à la main, des coupures de presse fustigeant le retard que prenaient les travaux et la corruption de tous ceux qui pouvaient être corrompus : shérifs, promoteurs immobiliers, directeurs d'entreprise de travaux publics, etc. Sur un livre de fabrication artisanale, le titre – *Amour* – était écrit à la plume, avec des pleins et des déliés. J'y ai découvert l'histoire de Raymond Love, juriste envoyé par une société d'assurances au fin fond du Dakota du Sud pour faire signer des contrats de travail à cent trente et un ouvriers œuvrant à la construction d'un barrage sur la rivière Missouri, dans des conditions extrêmement périlleuses. Les contrats stipulaient que les ouvriers ne pourraient exiger aucune indemnité en cas d'accident grave ou mortel. M. Love était logé sur le chantier, dans un baraquement qui voisinait celui du chef de chantier et de son épouse. Il avait passé sa première soirée à boire et à discuter avec les ouvriers, qu'il avait trouvés, selon ses mots, *diablement sympathiques*. Durant la nuit, il avait eu le sommeil agité, car il avait, selon ses mots encore, *mal à la conscience*. La deuxième soirée, il l'avait passée avec Roy Flinn, le chef de chantier, et sa femme Suzana. Cinq jours plus tard, Raymond Love disparaissait avec le coffre contenant la paye des ouvriers pour neuf semaines, ainsi qu'avec Suzana, dont le mari décida de se faire justice lui-même, laissant le chantier en plan et emportant dans le camion son chien nommé Lafayette et son fusil à deux coups. Dans une pension de famille, Roy Flinn avait retrouvé les deux amants qu'il avait mis en joue et qui avaient réussi, malgré leur situation délicate et les aboiements incessants de Lafayette, à convaincre Roy de baisser son fusil, de prendre sa part d'argent et de rester avec eux. On ne les rattrapa qu'un an plus tard. Les peines prononcées à leur encontre furent extrêmement clémentes. L'auteur du livre, qui n'était autre que Raymond Love, laissait entendre que le juge avait été acheté à bon prix. En l'absence de Roy Flinn, la réalisation du barrage avait été confiée à Rodney Seymour, un homme inexpérimenté et ambitieux qui avait emménagé avec sa famille à proximité du chantier, dans une bourgade que son épouse avait détestée à l'instant où elle y avait posé le pied. Chaque journée avait bien sûr apporté son lot de calamités naturelles et surnaturelles, et le nouvel homme de la situation était tombé en dépression quelques semaines avant que sa femme ne le quitte. Un jour où il avait bu (car Rodney s'était mis à boire), il s'était résolu à contacter Roy Flinn qui avait repris la tête des travaux et achevé la construction du barrage *dans les délais* – ce qui était, de toute cette histoire, le point le plus extraordinaire.

J'observais un rituel. Je me faisais un café à l'américaine, avec un arrière-goût de brûlé. J'entrais dans le fameux fumoir où l'on n'avait jamais fumé, et je fermais la porte. Je m'installais face aux deux fenêtres à guillotine qui donnaient sur une chapelle de feuillages et de petites baies rouges et bleu nuit. Je sentais les livres courir dans mon dos, sur les côtés, à mes pieds. J'étais enveloppée d'un parfum de papier. Je lisais à voix haute les premières pages pour me forcer à me concentrer. Puis je lisais en murmurant. Puis en silence. Et j'étais dans le Vermont, j'étais au Nouveau-Mexique, j'étais une grue, un pont, j'étais un barrage poids-voûte sur le fleuve Colorado. Je ne pouvais plus m'arrêter de lire. Le scénario était cent fois le même : un projet pharaonique et de pauvres mortels. Il y avait des blessés et des morts, mais on ne s'étendait pas sur leur cas : ils étaient la dîme à verser pour achever l'Œuvre. Ils étaient offerts en sacrifice pour expier le péché d'orgueil, la pulsion bâtisseuse, tous ces songes de démesure. Dans l'histoire, il y avait toujours un dieu capricieux et violent qui envoyait des épreuves aux constructeurs : un éboulement, un affaissement de terrain, une coulée de boue. Parfois la foudre s'abattait sur un échafaudage. Parfois un incendie réduisait en cendres des mois de travail. L'aventure n'était jamais calme. J'espérais tout le temps qu'il y aurait des photos. C'était comme de tomber, quand j'étais enfant, sur une page illustrée, au milieu d'un récit qui m'échappait toujours un peu. Je me demandais si David lui aussi aimait regarder les photos. L'une montrait une cérémonie religieuse devant un pont à moitié construit qui se jetait au-dessus d'une rivière et s'interrompait en plein ciel. On voyait la robe noire du pasteur agitée par le vent, les ouvriers qui avaient retiré leurs casquettes et leurs bonnets, et baissaient la tête. Sur une autre, trois hommes prenaient leur casse-croûte sur une poutrelle, dans le ciel de Chicago, les jambes dans le vide. À côté d'eux, en équilibre, il y avait une boîte en métal. Une lunch-box. Qui l'avait remplie ? Leur épouse ? Leur petite amie ? Leur mère ? Ils avaient l'air si jeunes. Ils ne voyaient pas le danger.

David était devant moi, dans l'encadrement de la porte. Je ne l'avais pas entendu approcher.

— Tu lis ?

— Je tue le temps. Laisse-moi.

Il avait eu un sourire doux et victorieux.

Pourquoi est-ce que je le détestais tant ?

Je n'avais pas d'autre choix.

J'ai fait un rêve. Je marche dans la rue derrière une femme qui me ressemble. Elle porte mon bonnet de bain, rouge avec une bande blanche. Elle va sûrement à la piscine de Mikiwam. Je me demande ce qu'elle fera de son petit chien, une fois arrivée là-bas. En me rapprochant un peu, je vois que ce n'est pas un chien qui court au bout de la laisse, mais la lunch-box de Laëtitia. Je reconnais les personnages de *Sesame Street* sur le couvercle. La lunch-box avance toute seule.

À mon réveil, je cherche partout mon bonnet de bain. Je fouille dans les placards. Je déteste le faire parce que j'ai peur de trouver des objets oubliés qui me rappelleraient Laëtitia. Sur une étagère très haute, il y a mes manuels et mes polycopiés de droit. Je tire de la pile mon mémoire sur *La théorie de la causalité adéquate.* Je l'ouvre et je lis au hasard : « À partir du dommage, on remonte jusqu'aux diverses conditions *sine qua non* qui se sont succédé, on élimine tous les antécédents qui n'étaient pas en eux-mêmes normalement adaptés à la production du résultat, et on retient celui ou ceux qui paraissent au contraire parfaitement adéquats. Le critère de l'antécédent adéquat est d'ordre expérimental, voire statistique. Est-ce que, d'après le cours habituel des choses, tel fait, telle circonstance, tel acte humain est normalement générateur d'un tel résultat ? Tel fait naturel, tel acte humain qui figure dans la chaîne des conditions *sine qua non* du dommage renferme-t-il en lui-même la possibilité objective de produire cette conséquence dans la plupart des cas ? » Ces mots m'apaisent comme par magie. Sentiment de délivrance tout proche de la joie. *Dans le cours habituel des choses*, une mère envoie à l'école sa fille un peu pâle et à peine fiévreuse, et l'enfant n'en meurt pas. Laëtitia est morte et je n'y suis pour rien. Ou alors nous sommes tous coupables et nous tuons Laëtitia depuis la nuit des temps.

En remettant le mémoire à sa place, je touche un objet mou : mon bonnet de bain.

Dans le hall de la piscine de Mikiwam, je remarque la photo encadrée et souriante du type qui a travaillé à l'accueil pendant quinze ans et qui est mort terrassé par la foudre, en pleine journée, dans le parc Abraham Lincoln de Zion Heights. Au bas de la photo, il y a son nom en lettres argentées : Jonas Patok. 1940-1985. Et cette citation de la Bible : « Il y a un moment pour tout, et un temps pour chaque chose sous le ciel. »

Je fais des longueurs. Tant de longueurs que j'arrête

de compter. J'ouvre les yeux sous l'eau et dans le bleu je me sens à l'abri et presque heureuse. Je pense aux études de droit que j'ai abandonnées. Je me souviens de mon excitation dès que je me plongeais dans un texte. Cette langue à part, mélopée pesante et précise. Je lisais à voix haute des décisions de justice comme on lit des poèmes. J'aimais surtout les expressions juridiques. Celles qu'on ne comprend pas et qui font naître des mondes anciens.

Sur le moyen unique, pris en ses deux branches
Vu les mémoires personnel et ampliatif produits
À ces justes motifs, il sera ajouté que
Si par extraordinaire le tribunal ne faisait pas droit au principal
Qu'en cet état les griefs allégués ne sont pas encourus
Mais attendu que, nouveau et mélangé de fait et de droit, le moyen est irrecevable
Le tribunal déboutera les défenderesses de leur demande de sursis à statuer
Avant dire droit
Sur la compétence du tribunal de céans
À titre infiniment subsidiaire

Je nage et je vois le passé. Mon professeur de droit civil aux longs soupirs exaspérés. Son chignon sous une résine de danseuse percée d'épingles. Mme Cordier avait trente-six ans et nous semblait si vieille que nous nous étions juré de ne jamais avoir son âge. En haut des copies elle écrivait : *Temps perdu !* Elle écrivait : *Des perles aux cochons !* Elle écrivait : *Mariez-vous !* Elle écrivait : *Misérable.* Elle était légèrement plus drôle que méchante. Avant de me la rendre en deux morceaux, elle avait déchiré du haut de son estrade ma dissertation sur *L'équivalence des conditions* – cette théorie juridique qui veut que tous les événements ayant concouru à la réalisation d'un dommage soient pris en compte pour établir la responsabilité. Dans ma copie, je soutenais que rien n'était plus dangereux que de voyager dans le temps, de cause en cause. Qu'avec un projet pareil, on mettait l'humanité entière sur le banc des accusés, et on tombait tôt ou tard sur Ève, toute nue au jardin d'Éden, arrachant la queue du fruit défendu.

Je nage dans le passé mais je ne nage plus. J'ai le corps en pierre, le crâne serré dans un étau. Je me tords le cou pour garder la bouche hors de l'eau. Je n'arrive pas à tendre le bras vers la ligne flottante, je me noie. Mme Cordier sur son estrade dit de sa voix de procureur : « Le 24 avril 1986, Laëtitia Passereau, huit ans, scolarisée à l'école franco-américaine de Zion Heights, Connecticut, se réveille fiévreuse. Plutôt que de garder l'enfant auprès d'elle, la mère, qui attend ce matin-là la visite d'un ancien amant, décide, contre l'avis de son mari, de l'envoyer à l'école. Victime d'un accident sur le parking de l'établissement, l'enfant décédera aux environs de 8 h 40. »

Je suis étendue sur le carrelage au bord de la piscine, couronnée de visages graves et proches, qui disent : « Elle est là, elle revient à elle. »

Je reviens à moi.

Partout, dès qu'ils vous ont sous la main, les gens demandent : « Et vous, vous avez des enfants ? »

Je ne pense pas que les animaux se posent cette question quand ils se croisent dans la nature. (« Et toi, tu as des veaux ? »)

Au début du cours de gymnastique, à l'inconnue en pleine santé, noire et musclée, qui tout en me posant *la* question déroulait son tapis de sol, j'ai répondu « Oui, j'ai une fille. Mais elle est morte ». Elle a caché son nez et sa bouche sous ses mains : « Je suis désolée ! Mon Dieu, pardon… Je suis tellement désolée ! »

La personne qui a posé la question s'excuse toujours. Elle s'en veut de ne pas avoir flairé votre malheur. Lu entre les rides tristes de vos sourcils.

Vous êtes invitée à une fête. La plupart des visages vous sont inconnus. Vous engagez la conversation avec une femme qui très vite vous pose la grande question. Vous lui répondez, vous décidez de lui dire la vérité. Vous êtes toutes les deux mal à l'aise. Durant le reste de la soirée, elle vous évite mais ne peut s'empêcher de vous observer de loin, vous et votre catastrophe scintillante. Vous ne lui reprochez pas son attitude. La femme *sait* et un fil vous relie. Cette femme vous en veut – ça peut paraître étrange. Elle estime que vous lui avez tendu un piège. Vous auriez dû mentir pour ne pas lui causer ce vertige de gêne. Vous lui avez gâché sa soirée. À cause de vous, elle n'a plus le droit de se montrer enjouée ou légère. Elle surveille ses réactions. Quand quelqu'un raconte une histoire qui fait rire aux larmes tout un coin du salon, la femme s'autorise un simple sourire, au cas où vous seriez témoin de sa joie. Si par malchance elle se retrouve nez à nez avec vous devant la porte des toilettes, elle rougit et vous présente à nouveau ses excuses. Aux yeux de cette femme vous appartenez à une catégorie à part. Vous êtes à la fois sacrée, honteuse et intouchable. Vous êtes une mère tronc. Amputée. Une mère qui n'a pas réussi à garder son enfant en vie. Or c'était le plus grand commandement. La seule véritable loi.

La période où les gens sursautent, ont les joues qui s'enflamment et vous demandent pardon est très courte, parce que vous faites tout pour l'écourter. Bientôt, c'est à vous de demander pardon. C'est à vous de ne pas mettre les autres dans une situation délicate, de ne pas salir le monde heureux et tranquille en ébruitant la nouvelle de votre tragédie. Vous ne répondez pas à la question, vous changez de sujet, vous rusez, coupez la parole, demandez une cigarette, renversez du vin rouge, détournez l'attention. Vous apprenez à envoyer des signes à vos interlocuteurs pour qu'ils comprennent qu'il ne faut pas s'approcher de *la* question, qu'il y a un incendie caché, un cadavre. Parfois, malgré vos précautions, la question surgit, et vous vous entendez prononcer cette parole simple et folle : « Non, non, je n'ai pas d'enfant. » À chaque fois, vous vous effritez à l'intérieur. Vous perdez un peu de matière maternelle. Vous chuchotez à l'âme de Laëtitia : « Ne sois pas fâchée. On ne va quand même pas raconter notre vie à une inconnue, ma chérie. »

Les gens qui savent ce qui vous est arrivé sont innombrables, parce que le bruit de la mort d'un enfant se répand à la vitesse du vent. En quelques heures toute la rue sait, le quartier sait, l'école sait, la ville sait... Après quoi les gens vous regardent avec deux airs : l'air apitoyé ou bien l'air ailleurs, comme s'ils ne vous voyaient pas, à deux mètres d'eux, sur le même trottoir. Ceux-là sont capables des gestes les plus lâches et les plus poétiques. Ils peuvent brusquement s'accroupir pour refaire leurs lacets, ou lever la tête pour observer dans le ciel une soucoupe volante déguisée en nuage. Ces gens qui vous évitent, vous et votre enfant mort, sont plus faciles à supporter que ceux qui plongent les doigts dans votre chagrin. J'ai noté dans un cahier les paroles impensables que l'on m'a dites. Elles sont toutes vraies. Incroyables et vraies.

Je suis indiscrète, mais vous avez donné ses organes ?

Ma belle-mère aussi, on l'a incinérée.

Moi, j'ai toujours dans mon portefeuille la petite carte qui dit qu'on peut prélever mes organes en cas d'accident.

Il paraît qu'à la fin de l'incinération, il reste plein de gros morceaux. Ensuite ils broient tout ça dans une machine pour obtenir de la poudre.

À ta place, je ne perdrais pas une minute. Je referais un enfant. C'est comme quand on tombe de cheval, il faut tout de suite se remettre en selle.

François voulait qu'on mette l'urne dans notre chambre. Ma belle-mère réduite en poudre à un mètre cinquante de mon oreiller ! Non merci. Et vous, vous l'avez mise où ?

J'ai vécu le même drame que vous. Mais pas avec mon propre enfant.

Change-toi les idées. Vois des gens. Fais la fête !

J'ai lu que dans 60 % des cas, les couples se séparent dans les deux années qui suivent.

Samedi, on fête les neuf ans de Magalie : si tu as toujours ton appareil génial qui gonfle les ballons, je suis preneuse.

Laëtitia était baptisée, au moins ?

En Inde, ils acceptent la mort beaucoup mieux que nous.

J'espère que ça servira de leçon aux parents qui se garent tous les matins de traviole devant l'école.

Elle est morte sur le coup ?

Ma chienne aussi avait huit ans et demi quand elle s'est fait écraser. Sauf que pour les chiens il faut multiplier par sept.

J'ai vu une petite rousse à la patinoire. Le portrait de Laëtitia ! Ça m'a fait un choc.

Ça t'arrive jamais de te réveiller et, pendant trois secondes, tu crois qu'elle est encore là ?

Heureusement que c'est arrivé aux États-Unis et pas en France. L'assurance va vous verser des montagnes de fric.

Je suis une vraie maman poule. J'emmène Julie à l'école tous les matins et je viens la chercher. Je ne la lâche pas d'une semelle. Il ne peut rien lui arriver.

Mais qu'est-ce qui a bien pu lui prendre d'aller se mettre à quatre pattes sous la voiture ?

À Sydney, j'ai connu une femme qui avait perdu ses trois enfants dans un incendie. Les trois d'un coup. Tu te rends compte ?

En même temps on prend un risque quand on fait qu'un seul enfant. Si on en perd un, on n'en a plus.

Ça va aller. Le plus dur, c'est la première année.

En France, quand la fête de l'école approche, il y a deux espèces de mères : les mères qui font tout, et celles, infiniment plus nombreuses, qui ne font rien. Pour des raisons statistiques, on appartient en général au second groupe. Le jour de la fête, on dépose sur la nappe en papier le quatre-quarts qu'on vient d'acheter au supermarché. Une femme vous l'arrache des mains pour le mettre sur une table inaccessible, derrière le buffet, au milieu des autres gâteaux. Cette femme appartient au groupe des mères qui font tout. On lui adresse un sourire qui dit précisément ceci : « Merci d'avoir donné de votre temps et tenu des réunions secrètes avec d'autres mères pour organiser la fête. Ne croyez pas que je sois ingrate. Ne croyez pas non plus que le monde changera un jour et que les femmes comme moi seront prises de remords et deviendront des femmes comme vous. Nous resterons chacune de notre côté du buffet. » Il arrive qu'à la dernière seconde – la veille ou le matin de la fête – une mère du second groupe (il ne sera jamais question de père dans cette histoire, vous l'avez compris) attrape le gros feutre rouge et inscrive son nom sur la liste placardée à la porte de l'école. Dans un élan philanthropique qui la surprend elle-même, cette mère vient de s'engager à tenir le stand de la Pêche aux canards de 10 h 30 à 11 h 30. Elle n'a pas choisi ce stand tout à fait par hasard. Elle sait qu'elle n'aura presque rien à faire : qu'à tendre les cannes à pêche aux enfants et regarder ailleurs quand ils tricheront et passeront à la main le crochet dans l'anneau fixé sur le dos du canard. Quant à la mère, à quelques mètres d'elle, qui tient le Chamboule-tout, et qui, au bord de la crise de nerfs, s'accroupit toutes les dix secondes pour ramasser les boîtes de conserve que les enfants ont dégommées et qui sont tombées dans un vacarme assourdissant, elle n'a pas pitié d'elle. Elle sait que les gens qui se sacrifient le font pour leur plus grand plaisir.

Aux États-Unis, il en va tout autrement. Les préparatifs d'une fête d'école durent autant qu'une grossesse et personne ne s'y dérobe. C'est par son implication enthousiaste et sans réserve que chaque mère prouve qu'elle a sa place dans la nation. On ne confie pas n'importe quelle mission à n'importe quelle mère de bonne volonté. On exige de l'expérience et du talent. L'aristocratie est constituée des mères chargées de la préparation du buffet. En novembre, ces femmes triées sur le volet se retrouvent dans le réfectoire de l'école pour une dégustation de tartes et de gâteaux. Chacune vote pour ses recettes préférées et détaille publiquement les raisons de son choix. Pour recaler le cheesecake de Perrine et élire la tarte aux poires de Linda, il y a des règles. Vous commencez par soupirer bruyamment pour montrer que vous êtes face à un dilemme. Vous pouvez aller jusqu'à vous gratter le front. Puis vous vous lancez : vous déclarez que le cheesecake de Perrine est littéralement *bouleversant*, *martien* et *symphonique* (moins les termes élogieux se prêtent au domaine de la pâtisserie, plus leur effet est grand). Et tandis que Perrine se roule dans votre compliment comme un porcelet dans la boue, vous affirmez que, malgré tout, vous préféreriez mourir écartelée plutôt que de ne pas trouver la tarte aux poires de Linda sur le buffet de la fête de l'école. Avec un peu d'expérience, au moment de confesser votre préférence, vous saurez montrer un visage où se lisent la lutte intérieure et les regrets. Quels que soient vos efforts pour ne pas vous montrer blessante, ils seront vains : le coup porté à l'orgueil de Perrine sera terrible. Vos ruses n'auront pas su tromper son cœur.

L'année de l'accident, Carolina Jackson était responsable en chef du buffet depuis quatorze ans. Si vous aviez passé avec succès les étapes de présélection et que Carolina vous avait confié la préparation de plusieurs tartes, elle vous jurait qu'elle avait *particulièrement* confiance en vous. C'était sa façon de dire que vous deviez faire vos preuves et qu'elle s'attendait au pire.

Je n'avais pas vu Carolina depuis qu'elle avait essayé

de me faire signer sa *Charte de l'accompagnateur.* Elle est entrée chez moi, au début de l'automne, en faisant rouler ses yeux bleus exorbités sur les meubles du salon. « C'est magnifique, votre intérieur. Neuf mois, Solène ! Ça fait exactement neuf mois ! » Je lui ai proposé le bout de brioche qui traînait sur la table du petit-déjeuner. Avec une énergie hargneuse, elle s'est écriée : « C'est fascinant, Solène ! Je viens ici complètement à l'improviste et vous me servez de la brioche ! Dites-moi... Les Français et la brioche, c'est quelque chose, n'est-ce pas ? » J'ai répondu *C'est quelque chose,* un peu comme David l'aurait fait, c'est-à-dire sans qu'on sache si j'étais sérieuse ou si je me payais la tête de ma visiteuse. Carolina portait une robe vert électrique, satinée, épuisante à regarder, et par la fenêtre, le soleil tombait droit sur mon visage. J'ai enfilé mes lunettes noires. « Ça ne me dérange pas, Solène. Vous pouvez les garder. Je comprends très bien. » J'ai eu envie de lui donner une gifle, comme au cinéma. « Et si vous voulez pleurer, Solène, pleurez ! Je suis là pour ça. »

Moi qui avais tant pleuré et qui savais tout de la tendresse consolatrice des pleurs, je n'y arrivais plus. Quand j'avais vingt ans, je ne ratais jamais une occasion de pleurer. Je pleurais de sommeil, je pleurais d'impatience, je pleurais de plaisir, je pleurais pour un rien. Parfois, en plein amour, Yvan posait une main légère sur mon front, d'un geste doux et fraternel, et mes larmes jaillissaient comme un orgasme. Depuis la mort de Laëtitia, je n'avais pleuré qu'une fois, le jour où j'avais sorti du four une crème aux œufs. Je l'avais un peu trop cuite. J'avais gratté avec un couteau le sucre noirci à la surface, au-dessus de la poubelle. La crème était tombée tout entière au milieu des déchets. Le pot en verre m'était resté entre les doigts, transparent comme s'il sortait du lave-vaisselle, et j'avais fondu en larmes. Des larmes sèches, râpeuses, avec un ricanement d'hyène. Je pleurais du sable. Plus aucun bonheur ne me serait donné. Même pas le goût d'enfance et de réconfort de la crème aux œufs.

Carolina Jackson voulait ménager son effet. Elle a laissé s'installer un silence avant de m'annoncer qu'elle n'était pas là sans raison. Ses lèvres barbouillées de rouge formaient un trapèze : « Je vais vous dire le fond de mon cœur. Ce que vous traversez, Solène, vous le traversez. » (Carolina aimait les formules de gourou, creuses comme des trous.) Je ne m'attendais pas à ce qu'elle me saisisse le bras. J'ai retiré ma veste pour me débarrasser de sa main. « Je me mets à votre place, Solène. Retourner là-bas, revoir l'école, la cour, les enfants, tout ça doit vous sembler impossible. Ça remuerait trop de choses… » Après un autre silence, elle s'est écriée : « Eh bien, je pense au contraire qu'il faut y retourner ! Et même si vous n'avez pas participé à la présélection et que seule une poignée de cuisinières chevronnées s'occupe du buffet de la fête de l'école, je vous propose d'en faire partie ! » Elle est passée de l'anglais au français pour me dire, la voix étranglée d'émotion : « Solène, j'ai une confiance totalitaire en vous. »

J'ai eu un éclair dans la gorge, à l'endroit où s'élancent les rires francs. Mais le rire est resté coincé.

Carolina a semblé agacée que j'accepte sur-le-champ la mission qu'elle était venue me confier. Elle aurait aimé me convaincre, me parler de courage et de renaissance, avec des sourires aux dents coupantes. Elle m'a dit qu'elle avait beaucoup réfléchi et désirait me confier la réalisation d'une vingtaine de tartes aux pommes. J'étais déçue. Je m'attendais à un défi plus flamboyant, comme des omelettes norvégiennes ou le redoutable pudding traditionnel à la graisse de bœuf. J'ai dit que je connaissais justement une délicieuse recette qui venait de ma grand-mère, qui la tenait elle-même de sa grand-mère – on parlait donc d'une tarte qui faisait ses preuves depuis 1850. J'ai précisé que ça n'était, à vrai dire, pas *tout à fait* une tarte aux pommes. Carolina a accueilli cette information avec une contraction inquiète de la bouche et des sourcils. J'ai avoué que je n'avais encore jamais préparé le légendaire dessert familial, mais que je disposais du carnet de recettes, maculé de taches très anciennes d'œuf et de farine, où figuraient toutes les indications nécessaires, de la main même de ma grand-mère. D'après mes souvenirs d'enfance, il s'agissait *plus ou moins* d'une tarte Tatin (à ces mots, Carolina a dû ressentir une piqûre dans la nuque : elle s'est donné une tape sèche, comme pour écraser un insecte), avec très peu de pâte et beaucoup de pommes qu'on laissait macérer plusieurs jours dans un mélange de sirop et de miel, parfumé de zestes d'agrumes et d'une douzaine d'ingrédients surprenants (j'ignorais lesquels, mais tout était dans le carnet). La large face plate de Carolina tremblait de répulsion indignée. « Solène, ma chérie. Non. Je suis la première à tenter de nouvelles recettes. C'est une aventure fantastique ! Un formidable saut dans le vide ! Mais quand on a une responsabilité pareille, sauter dans le vide est la dernière chose à faire. Ce qui est arrivé en 77, je me suis engagée à ce que ça ne se reproduise plus jamais. » Une fine mousse de bave furieuse blanchissait la commissure de ses lèvres. Je n'ai pas eu envie de lui demander quelle mère avait loupé son *carrot cake* en 1977. Je lui ai répondu en français.

— Carolina, j'ai une confiance totalitaire dans la recette de ma grand-mère.

J'ai vu le Désarroi en personne. Des insultes rêvaient de crever la pince rouge des lèvres de Carolina. Si je n'avais pas été une mère en deuil, elle m'aurait ordonné de m'en tenir à la tarte aux pommes. Elle a murmuré sur le ton du sacrifice :

— Pour ce qui est de la quantité, il faut prévoir au minimum une vingtaine de tartes. Sachant qu'on est sur du treize pouces de diamètre et du deux pouces d'épaisseur.

— Ne vous inquiétez pas, Carolina. Pour tout vous dire, faire des tartes ne me fait pas peur.

Si je l'avais traitée de vautour hypocrite et désœuvré,

Carolina m'aurait lancé le même regard. Elle a sorti de son sac un crayon, un cahier, et m'a dit en saccades : « Il me faut le nom exact du gâteau et il me le faut maintenant. Je dois confier les véritables tartes aux pommes à quelqu'un d'autre, ce qui fout le bazar dans toute l'organisation. Le buffet, ce n'est pas un concours d'ego, c'est le travail coordonné de quarante personnes expérimentées. »

Je me suis sentie flotter. J'ai pensé à toute cette agitation. Aux gestes que l'on fait au cours d'une vie. À l'importance qu'on donne aux choses sans importance, pendant que les jours s'envolent. Laëtitia m'avait demandé un jour : « Est-ce que le temps continue à exister si tout le monde arrête de compter ? »

Carolina attendait ma réponse. Elle s'est léché les lèvres comme une grosse enfant méchante qui jubile de vous avoir piégée. Une seconde de plus, et elle me proposait d'abandonner mon projet et de me rabattre humblement sur l'inratable tarte aux pommes. J'ai dit : « Mettez : Tarte Saut-dans-le-vide. »

Carolina a plissé les yeux. Elle a chuchoté d'une voix presque inaudible :

— Mes prières.

— Vos prières ?

— Mes prières vous accompagnent, Solène. Vous et votre famille.

Elle a dit *votre famille* pour me planter un couteau dans le cœur. On n'a plus de famille quand son enfant unique perd la vie. À travers la porte-moustiquaire, j'ai regardé Carolina Jackson s'éloigner d'un pas enragé. Sa férocité était un corset contre l'effondrement. Au fond, Carolina et moi étions un peu dans le même état.

Sarah

Debout, les doigts sur le piano, Clovis demande: « Pourquoi le mur est à moitié bleu ? » Sarah lui dit qu'elle a réalisé bien trop tard qu'elle n'aimait pas cette couleur.

« Moi je l'aime ! » crie Clovis, avec une colère brusque, et il pose lourdement la tête sur l'épaule de Sarah qui passe une main sans voix dans le dos de l'enfant, une autre douce à l'arrière de sa tête. Clovis chuchote: « Je pleure pas », et aussitôt le flot des larmes le jette contre Sarah.

Ils sont debout, ils se serrent et tanguent, ils se desserrent pour se moucher dans leurs doigts, leurs sanglots se calent sur le même rythme. Quand Clovis s'assied enfin au piano, il demande, en caressant les touches blanches et noires:

— Il y a un moyen de revoir les morts ?

Sarah essaie de lui répondre, sans l'attrister, sans lui mentir. Il écoute attentivement, et sort de son ventre un chapelet de questions. Si je meurs, je revois Laëtitia ? Mourir, ça fait mal ? Et elle, elle a eu mal ? Est-ce que Dieu nous voit ? Est-ce qu'il a vu l'accident ? Peut-être qu'il regardait ailleurs ? Un accident, c'est la faute du hasard ? Quand c'est la faute de quelqu'un, c'est plus un accident ? Est-ce qu'on peut changer un morceau du passé ? Même un tout petit ? Et avec des prières ? Et de la magie ? Comment tu le sais ? Est-ce qu'on peut oublier un moment, l'effacer exprès ? Est-ce qu'un docteur peut nous l'enlever de la tête, avec une pince ? Est-ce que tout le monde pense à la mort ? Alors pourquoi personne ne dit : « Je pense à la mort » ? Toi, tu y penses ? C'est comment, des mains de pianiste ? J'en ai, moi, des mains de pianiste ? Dis la vérité. La *Petite marche funèbre* de Mozart, il la joue mieux que moi, le père de Laëtitia ? Il a changé de professeur de piano ? Vous êtes fâchés ? C'est vrai que son métier, c'est de mettre des animaux autour des morts ? Tu l'aimes encore ?

Solène

Tout devait être prêt à midi pour le début de la fête de l'école. Les pommes macéraient depuis trois semaines à la cave, dans une mixture d'alcool de noix, de clous de girofle, d'oranges, de miel, de vanille et de sauge. La préparation reposait au fond de vingt plats à tarte de treize pouces de diamètre. L'opération de démoulage promettait d'être délicate : il s'agissait de retourner les plats d'un geste *vif et souple,* précisait ma grand-mère, et de faire tomber les galettes de pommes confites sur les disques de pâte brisée déjà cuits. Dans la marge du cahier, ma grand-mère avait multiplié les mises en garde inquiétantes : « Affaissement par les bords ! », « Coulées ! », « Crevasses ! ». Assise à la table de la cuisine, Kelly laissait la fumée de cigarette sortir doucement de sa bouche, sans la cracher. Ça lui faisait une mantille d'arabesques devant le visage. J'aurais bien aimé lui dire à quel point je la trouvais belle. Nous savions si bien être malheureuses ensemble. Ce matin-là, elle m'a raconté que Clovis avait agressé un garçon de sa classe qui l'avait traité de *veuf* en claironnant dans la cour que Clovis était encore amoureux de Laëtitia. En représailles, Clovis avait enfoncé dans le mollet de l'enfant quatre centimètres d'un crayon à papier parfaitement taillé. Kelly a dit : « C'est vrai qu'il était fou d'elle. Tu le savais ? »

Je le savais depuis la rentrée des classes en CP. Quand j'étais venue les chercher après leur première journée d'école, Clovis et Laëtitia attendaient côte à côte sur les marches. Clovis regardait Laëtitia qui regardait ailleurs. Je n'avais jamais vu un enfant observer un autre enfant avec de pareils yeux d'adoration douloureuse. Même ses cils fabuleusement longs et courbes semblaient amoureux.

Kelly a écrasé son mégot. Elle est descendue la première à la cave, retirer les chiffons et les couvercles qui protégeaient les pommes baignant dans leur sirop. Je m'étais resservi un café. Pas pour le boire ; juste pour poser mes mains sur la porcelaine chaude. J'étais plongée dans une image en mouvement qui se répétait indéfiniment. Je rembobinais le film pour visionner toujours le même passage de quelques secondes : Laëtitia sortait du van de Sarah Hopkins et sa lunch-box tombait à pic comme une brique. Une petite voix maligne me disait : « Tu vois bien. Tu *vois* comme elle tombe. Elle est en métal. Elle est lourde. Elle ne roule pas. Elle ne glisse pas sous le van. Elle ne le *peut pas.* »

C'est le cri de Kelly qui m'a sortie de ma rêverie.

Pile à l'heure prévue, on a entendu la camionnette de Carolina Jackson se garer au bout de l'allée d'ardoise qui serpente jusqu'à la maison. Elle était accompagnée d'une de ses cinq filles, qui avait hérité de sa large figure ovale et plate. Kelly et moi les attendions sur le perron de bois joliment peint en blanc. « Tout est prêt ? » a demandé Carolina d'un ton rude qui nous soupçonnait déjà. Elle avançait à marche forcée, tirant par le poignet sa fille qui avait largement passé l'âge qu'on lui tienne la main. J'ai répondu : « Eh bien, je crois qu'on a un problème. » Carolina s'est immobilisée au milieu du jardin. Elle a demandé d'une voix rauque : « Un quoi ? Un problème ? » Comme je ne répondais pas, elle s'est remise à marcher, d'un pas encore plus brutal et pressé, traînant comme un gros chien récalcitrant sa fille dont l'appareil dentaire étincelait dans la lumière du matin.

En entendant le cri de Kelly, une heure plus tôt, j'ai cru qu'il y avait un cadavre à la cave. D'écureuil ou de rat. Ou même de racoon, vu la puissance du cri. J'ai dévalé les marches. Kelly regardait avec un air incrédule et émerveillé les pommes couvertes d'un velours de moisissure blanc et vert. On a inspecté le contenu des vingt moules à tarte : tout était pourri et dégageait un parfum acide irrespirable. « Ça ne s'est pas passé comme prévu », a dit Kelly, calmement, comme sous hypnose. Je crois que nous avons eu la même vision : la tête de Carolina Jackson à l'instant où elle apprendrait la catastrophe. On s'est regardées et ça a commencé par un sourire, un frissonnement du vent dans nos feuilles. Puis la vague joyeuse nous a emportées. Mes yeux ont quitté leurs orbites, ils se sont envolés et tournés vers moi. Je n'aurais pas été plus étonnée de me voir prendre feu : je riais. Je rugissais de rire.

Carolina essayait de forcer le passage et répétait *Je dois voir, je dois voir*, comme une possédée aux yeux blancs. Kelly et moi étions collées, épaule contre épaule, pour l'empêcher de descendre à la cave.

— Carolina, écoutez-nous, ça ne sert à rien. Les tartes ne sont pas comestibles.

Les doigts pressés sur les tempes, Carolina a fermé les yeux. Kelly lui disait que ça n'était pas la fin du monde, qu'on pouvait encore aller acheter de bonnes tartes chez Joshua, à côté du parc Abraham Lincoln. Des spasmes nerveux créaient des remous sur les joues flasques de Carolina. Sa fille nous regardait et semblait absolument éteinte. Son appareil dentaire miroitait comme un bracelet de strass. « Taisez-vous Kelly, a ordonné Carolina. Taisez-vous. J'essaie de me concentrer. Je cherche une solution pour nous sortir de la situation merdeuse dans laquelle Solène nous a fourrées. » Comme il était étrange, ce *merdeuse*, dans cette bouche d'habitude si prudente et pincée. Kelly a eu un rire radieux. Le cou de Carolina, qui était pourtant l'un des plus courts que j'aie rencontrés dans ma vie, a rétréci de moitié. La tête enfouie dans les épaules, elle a braqué en pistolets de cow-boy ses deux index vers Kelly : « Si vous croyez qu'il existe une personne dans cette ville qui ignore ce qu'il se passe dans votre maison. » Le rire de Kelly a été fauché. « Regarde cette femme, a dit Carolina, en prenant sa fille par la queue-de-cheval pour lui tourner la tête vers Kelly. Cette femme commet le péché de chair avec son frère ! Cette femme s'est fait engrosser par son propre frère ! » Carolina est devenue transparente : à travers sa peau, ses os de mâchoires s'ouvraient et se refermaient comme un piège de chasse.

Le lendemain, on l'a vue sonner aux portes des parents de l'école, une pétition à la main, et proclamer avec une joie de prédicatrice : « Dieu est le seul juge de nos actions ! Et il y a fort à parier qu'Il juge avec la plus grande sévérité les relations inspirées par le démon. Est-ce que nous voulons offenser notre Seigneur ? Est-ce que nous voulons que nos familles vivent au milieu de gens comme Graham et Kelly Carolan, qui sont les enfants d'un même ventre et commettent le péché de chair ? Est-ce que nous voulons que nos propres enfants vivent parmi ceux que notre Seigneur maudit ? Car notre Seigneur a dit : *Nul de vous ne s'approchera de sa parente, pour découvrir sa nudité. Je suis l'Éternel. Maudit soit celui qui couche avec sa sœur, fille de son père ou fille de sa mère ! Et tout le peuple dira : Amen !* »

J'ai su vingt-quatre heures après tout le monde que Clovis avait fait une fugue. Personne ne voulait dire à une mère qui a, selon l'expression étrange et consacrée, perdu un enfant qu'une foule de policiers et de parents recherchaient un garçon dans chaque cave de la ville, jusque sur les hauteurs boisées de Mikiwam et les bords du lac. Ils avançaient en se tenant par la main. Ils voulaient retrouver Clovis, je n'en doute pas. Et pourtant, je sais qu'ils n'avaient pas hâte que ce moment prenne fin. Ils communiaient, leurs cœurs battaient, ils avaient l'amour inavouable des histoires sombres – celles que l'on peut vivre tout entières sans être touché dans sa chair, comme quand on lit un roman. David s'était joint au groupe qui inspectait les bords du lac tandis que je faisais des allers-retours entre la maison et le terrain où l'on brûle les herbes au printemps. Je jetais des brassées d'affaires directement sur le sol, en essayant de ne pas réfléchir à ce que je faisais. Quand j'étais petite, il y avait dans le salon une chaise dont ma mère disait qu'elle avait une *grande valeur sentimentale* et à laquelle il manquait un pied. Il était interdit de s'asseoir dessus. Deux ou trois fois par jour, la chaise s'écroulait sans qu'on l'ait pourtant effleurée. Ma mère ne supportait pas de la laisser plus de quelques secondes dans cette position piteuse. Elle se précipitait pour la relever et la calait délicatement contre le mur. J'avais demandé : « À quoi ça sert, une chose qui a une valeur sentimentale ? » Elle avait répondu : « À être triste quand tu la regardes. »

J'ai rapporté un jerrican d'essence du garage. Quand la température est montée d'un coup et que les flammes sont devenues plus hautes que moi, j'ai pensé à David. Il me remercierait. Sans ce feu, on aurait passé des années dans une maison inhabitable et hantée. On se serait pris les pieds dans des racines invisibles. Le temps qui passe ne serait jamais venu à bout de nos souvenirs. La chaleur me saisissait le visage. Des flocons de cendre flottaient et montaient vers le ciel. Une gigantesque nappe de fumée volait en direction de l'ouest : David pourrait la voir se refléter dans le lac. Il serait bientôt de retour, et en attendant, c'est moi qui faisais le sale boulot. Le généreux boulot de mort. Je voulais que ça aille le plus vite possible. Je courais de la maison au bûcher, du bûcher à la maison. Ma robe suante me collait à la peau, la gorge me brûlait. À chaque fois que je jetais au feu tout ce que je serrais sur ma poitrine, la lumière devenait éblouissante et c'était comme un sort jeté : j'étais pétrifiée par le spectacle de la combustion, incapable de bouger. Ce que je faisais, d'autres mères, j'en étais persuadée, le faisaient au même moment que moi, sur d'autres continents. Et bien avant moi, elles étaient des milliers à avoir jeté au feu des habits, des jouets, des poupées. Au feu, le sacré. Au feu, ce que l'enfant a touché. Au feu, les objets infectés de souvenirs. J'ai jeté la collection de cendriers rapportés par David des quatre coins du monde. Les piques à bigorneaux. Le déguisement de ninja. La limule qu'on avait trouvée sur une plage de Coney Island (« Maman, j'espère quand même que tu sais que les limules ont dix yeux ? »). J'ai jeté le doudou qui était si rêche que David l'appelait le *durdur.* Au moment de jeter dans les flammes le carton avec écrit « Dessins Laëtitia 1981-1985 », j'ai senti que c'était au-dessus de mes forces. J'ai appris qu'on pouvait faire les choses sans en avoir la force.

Face au feu, je devinais que j'allais le regretter. J'aurais bientôt l'envie folle de respirer l'odeur de Laëtitia dans les plis d'une robe. De revoir les lignes de *a* et de *b* sur la page d'un cahier. Je me détesterais d'avoir rendu ces voyages impossibles. Je m'en voudrais à mort. Tout ça, je le savais. Ce dont je ne me doutais pas, c'est qu'une heure plus tard David serait de retour et deviendrait fou. Il crierait *je vais te tuer.* Il me lancerait en pleine poitrine le premier objet venu – un cendrier rempli de mégots et de cendres.

Je n'ai eu qu'une seule envie, immense et débordante : être avec Kelly, passer une heure à boire du café et à la regarder fumer. J'ai couru jusqu'à sa porte.

C'est Josh qui m'a ouvert, son fils le plus jeune. Derrière lui j'ai vu une armée de valises, des piles de cartons, des objets emballés dans du papier bulle, des tapis enroulés, des cartables d'écoliers. Josh m'a dit : « Mes parents reviennent bientôt avec un camion. Je garde mes frères. » En me forçant à sourire, gorge serrée, j'ai demandé :

— C'est toi qui gardes tes grands frères ?

— Oui. Et après on va chez tante Mary.

— Et elle habite loin, cette tante Mary ?

— Elle habite à Fair Haven. Faut rouler deux jours dans le camion !

Sarah

J'ai appris que mon assurance allait verser aux parents de Laëtitia une somme que je n'aurais jamais pu payer, même en économisant jusqu'à la fin de mes jours. J'ai aussitôt acheté une pile de journaux, et j'ai épluché les offres d'emploi, comme si j'étais autorisée à reprendre le cours de ma vie. Une seule annonce a retenu mon attention : un poste de professeur de musique dans une école primaire au nord du Connecticut. Quand la directrice m'a reçue dans son bureau, elle m'a juré que je ne lui échapperais pas. Elle m'a avoué avoir pleuré en visionnant la cassette que j'avais jointe à mon CV. C'était l'enregistrement du spectacle que j'avais monté en 1984. Une adaptation psychédélique et chantée de *Sa Majesté des Mouches*. Je décrivais mon travail avec les élèves ; les yeux de la directrice brillaient. Je regardais par la fenêtre la fresque peinte sur le sol de la cour de récréation, les paniers de basket, et portée par un espoir littéralement inespéré, je me disais que ce décor me serait bientôt familier.

Une semaine après notre rendez-vous, j'ai reçu un courrier tapé à la machine : je n'avais pas été retenue pour le poste. La directrice avait dû mener une petite enquête, sans arrière-pensée, comme on le fait avant d'accueillir un nouveau professeur. La première chose qu'on lui avait dite était probablement que Sarah Hopkins avait quitté l'École libre bilingue de Zion Heights, après avoir accidentellement écrasé et tué une élève de huit ans et demi.

Après la mort de Laëtitia, personne ne m'a écrit en découpant des lettres d'alphabet haineuses dans les journaux. Personne n'a crevé les roues de mon van. Je ne suis jamais rentrée chez moi pour trouver ma porte couverte de menaces ou d'insultes à la peinture rouge. Dans la file d'attente du supermarché, on n'a pas sifflé *assassine* dans mon dos. On m'a laissée en paix. On a juste cessé de m'aimer. À voix basse, on m'a dit : « Pars. Va-t'en. »

Devant la télévision, les heures s'étiraient à l'infini et les journées n'existaient plus. Je me retrouvais dans le noir sans avoir vu le jour baisser. Je tenais la télécommande dans une main et un petit verre de rhum dans l'autre. Je regardais *C'est arrivé*, une émission consacrée aux repentis en tout genre. Un homme racontait qu'il avait brisé la vie de Ricky et de ses parents. La caméra zoomait sur son visage, ses joues trouées de cicatrices d'acné, inondées de larmes. Il jurait qu'il ne touchait plus *à toute cette merde.* « À l'époque, j'étais perdu. Les gamins, je les voyais pas. Pour moi, ils avaient pas de noms. Je voyais plus que la came. Je savais plus où était le bien, où était le mal. » Les sanglots rendaient ses paroles incompréhensibles. Il y avait des sous-titres. Quelqu'un, hors champ, lui a tendu un mouchoir. La voix étouffée par l'émotion, la journaliste a dit : « George, je crois que vous avez fait une rencontre en prison. » L'homme a regardé droit dans l'objectif de la caméra : « Oui ! J'ai rencontré Jésus-Christ ! J'ai rencontré notre Sauveur ! » La journaliste tapotait le dessous de ses yeux pour essuyer ses larmes sans abîmer son maquillage. « Et un jour, vous avez reçu une visite, George. Racontez-nous ce qu'il s'est passé. » George s'est levé si vite que sa tête a disparu de l'image. « Ils m'ont pardonné ! Moi, le meurtrier de leur enfant ! Ils ont dit que j'étais leur fils ! Dieu les bénisse ! »

Je n'avais rien à voir avec George. Je n'avais pas confondu le mal avec le bien. J'avais déposé six enfants devant l'école et je les avais nommés.

Have a nice day Louis
Have a nice day Josh
Have a nice day Nicky
Have a nice day Émilie
Have a nice day Laëtitia
Have a nice day Clovis

Si seulement j'avais commis une faute grave. Un péché. Si je m'étais mal conduite, si j'avais mal conduit, si j'avais violemment renversé Laëtitia. Alors on m'aurait gardé une place parmi les hommes. Tout le monde aime les coupables et les égarés. On peut les gronder comme des poupées, les enfermer dans un placard, et après un temps très long, leur ouvrir la porte, les serrer contre son cœur, trembler de pitié délicieuse et leur dire que tout est pardonné. Qu'ils sont sauvés.

On me détestait comme on déteste les innocents.

J'ai répondu à une autre annonce. Un poste à cinq mille sept cent cinquante kilomètres de chez moi, dans un lycée privé du Mans. J'ai tapé un nouveau CV à la machine. Sarah L. Hopkins, trente-sept ans, professeur de musique. Pianiste de jazz au sein des Berenstain Birds (1970-1974). Responsable de l'atelier comédie musicale à l'École libre bilingue de Zion Heights (1974-1986). Prix du meilleur spectacle des écoles associées du Connecticut, neuf années consécutives, de 1977 à 1985.

Je ne voulais plus être fuie et brûlée par les regards, être la-femme-qui-a-écrasé-une-petite-fille. Je voyais des gens qui marchaient au bord du lac, je les voyais au volant de leur voiture, je voyais leurs silhouettes le soir à la fenêtre des cuisines, et je ne pensais qu'à une chose : ils savent, ils sauront.

Il m'arrivait de boire dans mon lit. L'alcool était un amoureux éperdu. Il me cherchait, il avait tout le temps envie. Partout où j'allais, il était déjà là : sur le piano, au bord de la baignoire, au pied du lit. Sa salive réchauffait le cou et la plante des pieds. Je l'aimais moins qu'il ne m'aimait : je n'avais pas de grands projets avec lui, je savais que d'un jour à l'autre je le quitterais. Lui était possessif et casanier, il voulait me garder au chaud, à la maison, ficelée dans la lumière électrique. Je rêvais de partir là où personne ne saurait. Avant de m'en aller, je boirais cul sec mon fiancé et je me métamorphoserais en piano. Les musiciens s'approcheraient de moi, leurs doigts s'enfonceraient dans les os sculptés de mes hanches, dans la chaleur, les percées, le chas de l'aiguille. Il y aurait des débutants, des virtuoses, des vieillards qui ont perdu la mémoire et jouent le seul air qu'ils n'ont pas oublié.

Je m'étais versé un verre de rhum qui n'aurait pas suffi à saouler une mouche. Vraiment un dé à coudre.

Juste pour le coup de feu sur la langue. Le téléphone s'est mis à sonner et personne ne me croira si je dis que j'ai eu le pressentiment que j'allais être délivrée. Clovis appelait d'une cabine téléphonique. Il ne savait pas où il était et répondait à mes questions par oui ou non. Il était monté dans un train en direction de New Haven. Ou peut-être dans l'autre direction, il n'était pas sûr. Non, personne ne l'avait embêté. Oui, il avait faim. Non, il n'avait pas froid. Oui, j'étais la première personne à qui il donnait des nouvelles. Non, il ne savait pas que ses parents étaient fous d'inquiétude et que tout le monde le cherchait depuis trois jours. Il s'est mis à pleurer. Je le berçais à distance en lui parlant sans cesse, pour qu'il ne raccroche pas : « Je suis là, Clovis. Tout va bien maintenant. On va venir te chercher. Tu vas retrouver tes parents et ta sœur, et puis ton piano aussi ! Tu m'as oubliée, hier... Ta leçon, tu l'as loupée ! On va terminer le Mozart, d'accord ? La *Petite marche funèbre*. Tu sais, tu es un vrai pianiste, parce que dès que tu joues, je vois les paysages que tu as au fond de toi. » Il m'a interrompue d'une voix claire : « Laëtitia est morte à cause de moi. » Je lui ai juré que c'était faux, qu'il n'y était absolument pour rien, et pourtant mes mains tremblaient. Je l'ai écouté me raconter qu'avant l'accident, à l'arrière de mon van, Laëtitia avait échangé son blouson avec celui d'Émilie, la sœur de Clovis. Il lui avait ordonné de le lui rendre. Elle avait refusé en riant. Il l'avait traitée de voleuse. Elle avait dit, toujours en riant, qu'elle faisait ce qu'elle voulait, que tout était à tout le monde, que Clovis était bête de s'énerver, que c'était juste un échange : elle rendrait à Émilie son blouson après l'école. Clovis l'avait encore traitée de voleuse, de grosse voleuse, de grosse rousse voleuse, il lui avait dit qu'il la détestait, qu'il voulait qu'elle meure, et en sortant du van, il l'avait poussée dans le dos, si fort qu'elle avait perdu l'équilibre et lâché sa lunch-box. Mais à nouveau, Laëtitia avait rigolé. Alors Clovis avait shooté dans la lunch-box, qui avait disparu sous le van.

David frappe à ma porte. Je ne l'ai pas vu depuis sa dernière leçon de piano. Quatorze mois. Il ne me dit qu'un mot, il me dit : *Pardon*. Je demande : « Pardon pour quoi ? » d'une voix éteinte, nouée, il ne m'entend pas. Il me dit qu'il a quitté Solène. Qu'elle a tout brûlé, toutes les affaires de Laëtitia. Elle a effacé tout ce qui restait d'elle. Elle l'a tuée une deuxième fois. Il prend ma tête entre ses mains. Il sent la colle blanche à l'amande. Ça doit être, j'y pense pour la première fois, le parfum de sa lessive. J'embrasse ses lèvres, comme une automate. Elles sont dures et craquelées. Je crois que David a un mouvement de recul, je crois que je pue l'alcool. Une veine serpente sur son front. Je passe la main sous son T-shirt. Son ventre sursaute. Il a la douceur mouvante de la fourrure du chat qui fuit les caresses. On se laisse tomber sur le sol, au pied du piano. On serait pourtant mieux dans mon lit. Chacun essaie de déshabiller l'autre, mais les habits résistent. Ils refusent de s'ouvrir et de glisser. Je ne sais pas quels gestes faire, rien ne semble naturel. David pose sur mes seins des baisers incolores. Je ne les sens pas. Je sens la pédale métallique froide du piano qui m'appuie à l'arrière du crâne. En soulevant un peu la tête, je vois le sexe de David qui s'affaire comme un mécanisme à part. Il s'enfonce tout droit, à la manière des pompes à tête de cheval qui extraient le pétrole du désert, régulières comme des métronomes.

Après, il reste étendu sur moi. Écrasés sans être enlacés, nous avons l'air de deux soldats tombés morts l'un sur l'autre dans un creux. C'est le moment où je pourrais lui poser enfin toutes les questions. Qu'est-ce qu'il se passait quand il venait chaque samedi ? Est-ce qu'il attendait, comme j'attendais ? Est-ce qu'il espérait ce moment toute la semaine ? Est-ce qu'il comptait les heures ? Est-ce que j'avais rêvé ? Est-ce qu'on s'était aimés ? Est-ce qu'il avait imaginé des scénarios idiots de fugue et de cavale amoureuse ? Est-ce qu'on aurait eu notre chance, si *ça* n'avait pas eu lieu ?

Je me demande ce qu'on demande à quelqu'un quand on lui demande « Est-ce que tu m'aimes ? ». On lui demande si le monde est habitable.

— Oui, si j'aimais quelqu'un, ce serait toi, me répond David.

On se redresse un peu, on s'adosse au piano, la tête sous le clavier. David me dit que la personne qu'il a le plus aimée était son grand-père. L'Homme qui admirait les ponts. L'Homme qui disait : « Dans la vie, l'important, c'est de traverser. » Il est mort le jour où David a perdu sa dernière dent de lait. Un oncle de David s'est rendu à l'enterrement accompagné de son cheval qui se tenait, puissant et calme, au bord de la fosse. Le prêtre avait une voix qui avançait lentement et s'accrochait à chaque mot pour ne pas trébucher : « Tu as mis toute chose sous ses pieds, les brebis comme les bœufs, et les animaux des champs, les oiseaux du ciel et les poissons de la mer, tout ce qui parcourt les sentiers des mers. Éternel, notre Seigneur ! Que ton nom est magnifique sur toute la terre ! » Dès qu'il sentait les larmes monter, David levait les yeux vers le cheval.

Le téléphone sonne et une femme enjouée m'annonce qu'elle est porteuse de bonnes, d'excellentes nouvelles. Ma candidature au lycée Victor-Serge a été retenue. Elle ne sait pas s'il y a cinq ou six heures de décalage entre Le Mans et la côte Est américaine : elle espère qu'elle ne me dérange pas. Je devrais lui dire qu'elle a fait son calcul à l'envers, et que se faire réveiller au milieu de la nuit est parfois une chose très douce. Qu'elle est loin d'imaginer comme la nouvelle qu'elle m'apporte dans les plis de mon sommeil me remplit de joie. Au lieu de ça, je dis abruptement que j'ai écrasé une petite fille devant l'école où je travaille. Où je travaillais : j'ai été renvoyée. Je vis dans un quartier résidentiel et bavard où tout le monde sait ce qui est arrivé. Alors je reste chez moi, je me terre. Et pour raboter cette montagne de douleur, il m'arrive de boire.

Un silence, et la directrice me raconte, d'une voix simple comme l'amitié, qu'il y a vingt-six ans elle a renversé un jeune homme qui roulait à vélo. Il avait surgi à un carrefour. Elle me dit que la nuit elle n'en rêve plus. Sa nuque ne se paralyse plus à n'importe quel moment de la journée. Il lui arrive de se sentir entièrement bien, heureuse. Et puis une vague vient du large. C'est le retour de la peur et de la mélancolie, qui peuvent durer quelques heures, qui peuvent durer trois mois. On apprend à vivre dans le cycle des saisons douces et mortelles.

Elle me dit qu'elle est certaine que la ville du Mans me plaira. Les Manceaux et les gens de passage le savent : on y fait les plus grandes rencontres de sa vie.

En 1987, je vivais avec mes parents et mes frères à Mamaroneck, au bord de la baie du détroit de Long Island. Le 1er novembre, une petite fille de ma classe de CE1 a fait tomber sa lunch-box sous le bus scolaire, devant l'école. Elle a essayé de la récupérer, et s'est fait écraser quand le bus a redémarré.

À son enterrement, nous avons récité « Les oiseaux perdus » de Maurice Carême.

Le matin compte ses oiseaux
Et ne retrouve pas son compte.

Il manque aujourd'hui trois moineaux,
Un pinson et quatre colombes.

Ils ont volé si haut, la nuit,
Volé si haut, les étourdis,

Qu'à l'aube, ils n'ont plus trouvé trace
De notre terre dans l'espace.

Pourvu qu'une étoile filante
Les prenne sur sa queue brillante

Et les ramène ! Il fait si doux
Quand les oiseaux chantent pour nous.

DE LA MÊME AUTRICE :

Romans

Les Amants terrestres, Le Cherche Midi, 2005.
Chute libre, Le Rocher, 2007.
Les Pendus, Ramsay, 2008.
Le Joli Mois de mai, Héloïse d'Ormesson, 2010 ; Le Livre de Poche, 2014.
Héloïse est chauve, Héloïse d'Ormesson, 2012 ; Le Livre de Poche, 2014.
Une sainte, Héloïse d'Ormesson, 2013 ; Le Livre de Poche, 2015.
La Disparition du nombril, Héloïse d'Ormesson, 2014 ; Le Livre de Poche, 2016.
Popcorn Melody, Héloïse d'Ormesson, 2015 ; Le Livre de Poche, 2017.
L'Enlèvement des Sabines, Héloïse d'Ormesson, 2018 ; Le Livre de Poche, 2020.

Récits

La Femme à modeler, Naïve, 2012.
Le Prince à la petite tasse, Calmann-Lévy, 2018 ; Le Livre de Poche, 2019.

PAPIER À BASE DE
FIBRES CERTIFIÉES

Le Livre de Poche s'engage pour l'environnement en réduisant l'empreinte carbone de ses livres. Celle de cet exemplaire est de :
450 g éq. CO_2
Rendez-vous sur
www.livredepoche-durable.fr

Composition réalisée par MAURY-IMPRIMEUR

Achevé d'imprimer en janvier 2023 en Espagne par
Liberduplex - 08791 Sant Llorenç d'Hortons
N° d'impression : 106143
Dépôt légal 1re publication : février 2023
LIBRAIRIE GÉNÉRALE FRANÇAISE
21, rue du Montparnasse – 75298 Paris Cedex 06

68/7694/5